Les Œuvres de miséricorde

Éditions Verdier
11220 Lagrasse

Du même auteur

chez le même éditeur

L'Amant des morts, 2008.
Avec Bastien, 2010.

chez d'autres éditeurs

Un sentiment océanique, Maurice Nadeau, 1996.
Mère Biscuit, Maurice Nadeau, 1999.
Quelqu'un s'approche, Maurice Nadeau, 2000.
Le Regard de la source, Maurice Nadeau, 2003.
Les Âmes inachevées, Gallimard, « Haute enfance », 2004.
Le Corps des anges, Gallimard, 2005.
Deux larmes dans un peu d'eau, Gallimard, « L'un et l'autre », 2006.

Mathieu Riboulet

Les Œuvres de miséricorde

fictions & réalités

Verdier

Ouvrage édité avec l'aide de la Région Languedoc-Roussillon

www.editions-verdier.fr

ISBN : 978-2-86432-687-8

« Que tout le monde, même un écrivain,
fasse du mieux qu'il peut. »

Hans Magnus Enzensberger

Préambule

Donner à manger à ceux qui ont faim, donner à boire à ceux qui ont soif, vêtir ceux qui sont nus, loger les pèlerins, visiter les malades, visiter les prisonniers, ensevelir les morts : les œuvres de miséricorde forment un ensemble d'impératifs moraux édictés par l'Église, censés obliger les chrétiens et peser de leur poids dans la balance du Jugement dernier. Au nombre de sept, comme les péchés capitaux, elles sont comme eux connus de tous ceux qui, nés en culture chrétienne, en sont imprégnés, qu'ils le veuillent ou non, sans bien savoir ni d'où ils en tiennent la connaissance, ni à quoi elle se rattache précisément.

L'origine de ces impératifs est à rechercher dans ce passage de l'Évangile de Matthieu (25, 34-40) : « Alors le roi dira à ceux qui seront à sa droite : "Venez, vous qui êtes bénis de mon Père ; prenez possession du royaume qui vous a été préparé depuis la fondation du monde. Car j'ai eu faim, et vous m'avez donné à manger ; j'ai eu soif, et vous m'avez donné à boire ; j'étais étranger, et vous m'avez recueilli ; j'étais nu, et vous m'avez vêtu ; j'étais malade, et vous m'avez visité ; j'étais en prison, et vous êtes venus vers moi." Les justes lui répondront : "Seigneur, quand t'avons-nous vu avoir faim, et t'avons-nous donné à manger ; ou avoir soif, et t'avons-nous donné à boire ? Quand t'avons-nous vu étranger, et t'avons-nous recueilli ; ou nu, et t'avons-nous vêtu ? Quand t'avons-nous vu malade, ou en prison, et sommes-nous allés vers toi ?" Et le roi leur répondra : "Je vous le dis en vérité, toutes les fois que vous avez fait ces choses à l'un de ces plus petits de mes frères, c'est à moi que vous les avez faites." »
L'Histoire dit que le dernier impératif, ensevelir les morts, a été ajouté plus tard. Cet ensemble forme donc les œuvres de miséricorde dite « corporelle », auxquelles il faut ajouter pour être complet sept œuvres de miséricorde spirituelle, énoncées

plus tardivement encore, dont il ne sera pas question ici : conseiller ceux qui doutent, enseigner ceux qui sont ignorants, réprimander les pêcheurs, consoler les affligés, pardonner les offenses, supporter les importuns, prier Dieu pour les vivants et les morts – un parfait bréviaire pour la maîtrise des âmes…

Mais le chapitre 25 de l'Évangile de Matthieu se poursuit par ces versets qui sont l'autre versant (41-46) : « Alors il dira à ceux qui seront à sa gauche : "Allez-vous-en loin de moi, maudits, au feu éternel qui a été préparé pour le diable et pour ses anges. Car j'ai eu faim, et vous ne m'avez pas donné à manger ; j'ai eu soif, et vous ne m'avez pas donné à boire ; j'étais un étranger et vous ne m'avez pas recueilli ; nu, et vous ne m'avez pas vêtu ; malade et en prison, et vous ne m'avez pas visité." Alors eux aussi répondront : "Seigneur, quand nous est-il arrivé de te voir affamé ou assoiffé, étranger ou nu, malade ou en prison, sans venir t'assister ?" Alors il leur répondra : "En vérité, je vous le déclare, chaque fois que vous ne l'avez pas fait à l'un de ces plus petits, à moi non plus vous ne l'avez pas fait." Et ils s'en iront, ceux-ci au châtiment éternel, et les justes à la vie éternelle. » On n'a rien sans rien.

1.
Vêtir
ceux qui sont nus

Je suis resté longtemps prisonnier du sentiment flottant, informulé selon lequel l'Allemagne était infréquentable. Je n'étais pas guidé par une idée, un ressentiment moins encore, mais, de fait, chez moi on n'allait pas en Allemagne, tout au plus la traversait-on hâtivement pour se rendre au Danemark, en Pologne, pour rentrer de Hongrie. Maintenant que plus de la moitié de ma vie est faite, je me dis qu'il est temps d'aller voir ce grand morceau d'Europe qui se déroule du Rhin à l'Oder, des Alpes à la Baltique, d'aller voir les hommes qui le peuplent, en rêvent, y pensent, en vivent. Je veux serrer dans mes bras le corps d'un de ces hommes dont je ne parle pas la langue, le corps d'un de ces hommes que l'Histoire longuement m'opposa, le corps d'un homme allemand. Je vais donc à Cologne par un beau jour de mai, c'est tout près, on n'est même pas obligé de passer le Rhin, et je fais cela qui, pour un Français, a son pesant de sens : coucher avec un Allemand. Ce fut facile et doux. Ensuite de quoi je décidai que j'aimais l'Allemagne et les Allemands : on ne peut pas toujours dire que seuls le malheur et la mort franchirent jamais le Rhin.

Toucher un corps n'est pas un geste facile, il l'est même si peu qu'on l'a dépouillé de la pensée pour en faire un automatisme. Seuls les insensés, les assassins et les amants suspendent un instant leur mouvement avant d'atteindre l'autre. Se donner le temps du regard, s'accorder le temps de la pensée, puis poser la main en ayant tout choisi – le lieu, le moment et le geste –, cela m'est arrivé avec le corps allemand. Mais, je me demande aussi comment on se prend quand on se propose de s'entretuer. D'un geste de guerrier ?

J'ai levé mon bras gauche, posé ma main sur sa nuque, l'ai senti campé, plein et fort, immobile. Je me suis ainsi doucement arrimé. Puis, dans la souplesse soudaine des muscles de son cou j'ai senti notre entente se mettre en place. Alors sa main gauche, allemande, sur ma nuque à son tour s'est fermée, halant vers le sien mon corps français délié de crainte, mes lèvres sont allées se nicher sur les siennes, et ma main droite juste au-dessous de sa clavicule gauche, là où les hommes pleins donnent la mesure exacte de leur consistance. J'avais un fort désir de structure affirmée, de grands os et d'ancrage que ce geste combla. Quittant sa nuque, ma main gauche, à travers le tissu fin de sa chemise, parcourut lentement ses vertèbres, entraînant comme un réflexe un mouvement analogue de ses doigts sur mon dos, et cette lente exploration me livra les premières clefs, attendues, de la curieuse et savante construction devant laquelle je me tenais. Allemande. Ce garçon habillé est déjà nu pour moi, vêtu de mon désir.

Je n'avais jamais pu, avant cela, penser aux Allemands, à l'Allemagne, à la langue allemande, sans voir se profiler à l'horizon de ces pensées la trace du conflit qui par trois fois nous opposa, d'autant plus pernicieuse, persistante, qu'elle était héritée, non pas vécue. Mon arrière-grand-mère, morte quand j'avais six ans, dont j'ai de nombreux et précis souvenirs, est née l'année de la Commune de Paris ; par elle je tiens donc au dix-neuvième siècle finissant, aux pauvres gens et à la guerre. On ne vient pas au monde à quelques poignées de semaines de Sedan et de l'écrasement de l'insurrection parisienne sans effet, fût-ce dans un coin de campagne sensiblement démuni ; j'en veux pour preuve la persistance, dans le vocabulaire familial français, de l'image du « casque à pointe », reprise et amplifiée ensuite par la « Grosse Bertha » et les « Fridolins », et les valeurs peu flatteuses qui s'y rattachent directement. L'importance qu'a eue dans cette persistance le rôle des deux conflits suivants, dont mon grand-père puis mon père furent à leur tour les narrateurs occasionnels, entretenant la flamme inconsciente d'une animosité de plus en plus vacillante mais jamais tout à fait éteinte, est évidente. Il m'arrive même de dire, à la fin d'un repas : « Encore un que les Boches n'auront pas », comme si j'avais jamais été menacé personnellement… « Le langage a été donné à l'homme afin qu'il témoigne avoir hérité ce qu'il est. » La phrase est de Hölderlin, poète allemand.

Mais il y a les mots, on le sait, et les choses. La « chose », en l'occurrence, c'est le grand corps vibrant à l'orée duquel je me tiens, et réciproquement. Juste au-dessus de nous, quelque part à l'aplomb du rond de nos épaules, flottent nos généalogies. Nous avons tous deux porté la main sur l'autre, main de paix et de désir, nous sommes donc à la merci, lui de moi, moi de lui, et j'entrevois, en un éclair, ce qui adviendrait de nous si nos mains se chargeaient soudain d'une violence héritée, d'une vindicte imposée, historique : un champ de mort en lieu de chant d'amour. Les déchirures qu'en un instant nous nous infligerions ne seraient pas sexuelles, appelées et saluées, mais infligées à même notre intangible bien, irrémissibles. La main allemande ouvrirait alors mon dos en suivant le pointillé de la colonne vertébrale, je serais envahi d'une chaleur poisseuse, bientôt mes yeux, ma bouche se rempliraient de sang, à lui j'aurais percé la poitrine en y laissant la lame pour que le bouillonnement ne puisse s'échapper, puis nous nous écarterions afin de mourir seuls, sans contact possible avec le corps de notre ennemi : *noli me tangere,* histoire de monter au ciel sans encombre.

Je vais passer la nuit à me rassasier de cet Allemand, ce sera un délice, aucun doute là-dessus, et c'est avec les ombres de la poignée d'aïeux endormis dans mes os, qui durent tirer la dague, puis le sang, pour achever quelque Saxon joli plutôt que lui conter fleurette, que j'entrerai en lui pour sonder sa tiédeur, aussi profond qu'il me sera permis d'aller sans faire de mon entrée une intrusion. Et je suppose qu'en lui vibreront deux ou trois Rhénans blonds qui eurent à fracasser quelques têtes de Bretons ivres de rage, d'impuissance et de peur, dont je sentirai bien la trace amenuisée dans le jeu de ses reins. Que faire de tous ces morts, où vivre, comment s'aimer ?

J'ai pris, en commençant, sur mes épaules le poids de la langue, de l'histoire, du pays et du temps où je suis arrivé. Il n'y avait, chez les miens, aucun ressentiment vis-à-vis des hommes et des femmes qui, comme eux, mais outre-Rhin, avaient englouti des forces déraisonnables dans des conflits dont on m'apprit très tôt qu'ils ne naissaient pas tant d'une prétendue haine des uns pour les autres que de la mise en jeu de mécanismes ressortissant à la politique, l'économie, la religion ou la géographie. Mais il y avait, mêlée à l'indécis flottement dont sont tissées nos vies, une trame parfois lâche ou trouée, parfois serrée à étouffer, l'Histoire, à laquelle on collait un grand H, et sur cette trame trois faits, enchâssés les uns dans les autres en une sorte de *continuum* temporel appelé à transformer ces trois faits en une seule et même cadence historique dont chaque mouvement générerait les conditions d'éclosion du suivant : la fin du Second Empire dans Sedan encerclée, avec entre autres conséquences la naissance de l'Empire allemand ici, et là l'écrasement de la Commune de Paris ; puis, à quarante-trois ans de distance, la boucherie inaugurale du vingtième siècle ; enfin, vingt-deux ans plus tard, le nazisme. Après, plus rien.

Ce sont des faits massifs, dont aucun déni ne fera qu'ils n'aient jamais eu lieu. Ils sont inscrits dans le grand corps allemand que j'ai choisi ce soir pour m'effacer dedans. C'est d'en obtenir l'ouverture consentie qui me permettra de faire, dans mon propre corps, cette paix que les traités ont paraphée depuis longtemps, à laquelle quelque chose de profondément impensé, en moi, se refuse depuis que je suis là. C'est parce que l'étude, la réflexion, le savoir auxquels je puise finissent toujours par échouer sur un banc d'impensable, que je suis à Cologne. Car c'est finalement toujours nous qui portons les abîmes de l'Histoire, tapis dans nos organes, qu'il faut aller chercher pour danser avec eux dans le silence des gestes. Alors l'Allemand et moi avons repris en main nos nuques respectives et plongé l'un dans l'autre, sans un bruit et sans haine.

Mais, je me demande encore comment on saisit l'autre qu'on se propose de tuer. D'un geste de bourreau ? Et ce qu'on fait quand on a tué et qu'on parcourt à reculons, sur ses coudes, ses genoux, ces tranchées ouvertes dans la terre pour convoyer la mort, la semer en sachant qu'elle ne fait rien pousser ?

Madame Jean, septuagénaire habitant le Cantal, s'entretenant, dans un documentaire éponyme réalisé en 2010 par Sophie Bruneau et Marc-Antoine Roudil, avec Marie-Hélène Lafon, écrivain, raconte avoir accompagné son père, dans les années cinquante, en pèlerinage à Verdun. Sa voix se lézarde imperceptiblement. Elle parle du voyage, elle dit : « J'ai pleuré de Bar-le-Duc à Verdun. » Je suis assis dans le noir de la salle. Elle n'était pas née quand son père est parti à la guerre, je n'étais pas né quand elle a fait ce trajet. Cette émotion qui la dépasse, intacte à plus de cinquante ans de distance, déclenche la mienne, qui me dépasse aussi, et depuis longtemps : à dix ans, la simple idée qu'on puisse *envoyer des hommes au combat* me nouait déjà la gorge. J'étais anéanti par ce qui m'apparaissait comme un destin tragique. J'ignorais encore que c'est d'être une pièce de boucherie dans l'impossibilité d'échapper à l'abattoir qui est insupportable, et que le malheur de ceux qui n'ont pas eu de paix quand il s'est agi de finir résonne encore longtemps après qu'ils se sont tus. Voici bientôt cent ans que je pleure dès Bar-le-Duc quand je monte à la guerre. Voici bientôt cent ans que je pleure à l'arrière, où l'on nous a laissés, enfants mêlés aux femmes, femmes encombrées d'enfants. Que faire de tous ces morts ?

2.
Ensevelir les morts

Il y en eut un par an. Et pour chacun le son d'une cloche fêlée s'est perdu dans le soir, dans le grand vide des prés et le trop-plein des bois, dans les âmes épuisées par la veille et l'espoir. Un par an, avec une régularité métronomique, un soin maniaque, une attention détachée, glaciale, la Patrie, comme on disait encore, avait prélevé ce que d'évidence elle considérait comme un dû, plus exigeante encore que la Faucheuse, toujours à pinailler sur l'âge, la vitalité, le courage et la force quand l'autre prenait ce qui venait, comme ça venait, sans distinction de rang, de fortune ni de sexe.

Le premier, tout le monde s'en souvient comme si c'était hier, et pour ces souvenirs-là ça restera hier jusqu'à la fin, Henriette était descendue au jardin bien tard, histoire de ramasser trois verdures pour allonger la soupe, et remontait tenant serré sur sa taille son tablier râpé où elle avait niché la cueillette quand Émilie, sa sœur, l'a arrêtée d'un coup. Pour lui dire que la mère à la ferme avait reçu une lettre, que la cloche du village sonnerait pour Louis, tout à l'heure, pas plus tard que quand elles se seraient mises à table. Henriette a trébuché, souffle coupé, Émilie ravalé un sanglot déguisé en toux rauque. Elles n'étaient pas encore habituées, à peine quelques semaines que le chambardement avait commencé, elles ne tremblaient pas encore en voyant arriver le courrier comme elles ne tarderaient pas à le faire. Pour être honnête, quatre ans plus tard, quand le dernier des gars y laisserait son sang à son tour, personne ne s'y était encore fait. Elles se sont pourtant mises à table, et tout le reste de ce jour-là s'est bien fait comme il devait se faire, et les suivants aussi, le moyen d'y échapper ?

Comme si c'était hier, ces souvenirs-là se sont gravés dans les têtes avant de l'être dans le marbre, là-haut devant l'église, face au panorama tranquille qui n'a jamais cillé, lui, en cinq ans de furie. Il y avait des femmes partout, dans tous les hameaux du canton, au village, c'était comme si elles surgissaient du regard aveugle qu'on avait jusqu'alors posé sur elles, elles faisaient tout ce qu'elles n'avaient encore jamais fait, et elles le faisaient bien. La mère d'Henriette, par exemple, soixante ans passés, était devenue factrice, elle sillonnait les routes de la commune et se hissait à bicyclette tous les jours au sommet des collines, faut voir comment ça monte. À sa tête au début de la tournée les gens savaient s'il y en avait une à distribuer ou pas. Ce matin-là, celui qui reste comme si c'était hier, assurément il y en avait une, elle était pour la mère au hameau, mais ça ne s'est su qu'après, en écoutant aux portes pour ramasser ces bribes que les femmes esseulées laissaient choir à leurs pieds sans se douter que les gamins s'en repaîtraient, parfois même en gloussant sous cape tant tout cela était informe et insolite, proprement insensé, tant tout cela faisait battre le cœur des adultes brisés, couler leurs larmes et refermer leurs visages. Les mômes sentaient bien la gravité planer, que le malheur était entré chez eux qui n'étaient pourtant pas bien riches, mais sans trop savoir par quelle porte ou quelle fenêtre, moins encore ce qu'il fallait en faire, où le mettre et comment s'en servir. Alors ils jouaient avec, en cachette des adultes, et les taillis, les ravins et les prés étaient champs de bataille, tranchées, embuscades, ruines fumantes et mitraille. Pas un jour sans que l'un d'eux ne meure, ignorant, Dieu merci, le bouillonnement assourdi du sang filant par les artères ouvertes, parfois béantes, et aussitôt absorbé par la terre gorgée de ferraille et labourée d'ossements.

Le hameau n'était pas un hameau tout à fait comme les autres, c'était le hameau d'une famille. Cinq maisons dont deux à l'écart, trois au frère aîné deux au cadet, c'est ce que le père avait décidé, sentant sa mort venir, on meurt jeune par ici, en 1870, à quarante ans, personne n'avait bronché. Les deux frères avaient laissé la mère gouverner en sous-main, leur tour venu ils avaient convolé, procréé, chez l'aîné se nichaient deux petits, chez le cadet un seul, que des garçons. À la mort de la mère, en 1880, c'est la femme de l'aîné qui avait pris la main, pas question d'inverser l'ordre des choses. Puis à son tour l'aîné de l'aîné convola, procréa, et ce furent de nouveau deux garçons, quant au fils du cadet il approchait la trentaine mais pas les femmes. Au hameau en 1913 on comptait donc cinq garçons, une épouse et deux veuves puisqu'en 1910 les deux frères avaient cassé leur pipe, à deux mois d'intervalle, d'une mort naturelle qui leur évita de voir la suite. Ça n'est pas si courant, les hameaux où règne une seule famille, ça inquiétait un peu, ça inspirait respect et envie emmêlés, on se sentait chez eux au premier bout de tuile aperçu d'un peu loin. Ça ne les rendait pas riches pour autant, seulement soudés dans le silence, le travail, l'appartenance à une lignée d'hommes tenant le monde en main – un monde pauvre et exigeant, mais un monde.

Le souffle coupé Henriette l'aura eu finalement les cinq fois, ne s'y est jamais faite, ni au souffle coupé, ni à ces nouvelles apportées par la poste, sèches et froissées, qui le lui coupaient, ni à la mort des hommes couchée sur le papier que transportaient ces lettres, ni à cette tuerie lointaine qui provoquait ces morts. À cette mort-là elle ne s'est jamais faite, pas comme l'autre, la mort de tous les jours, celle des bêtes et des gens alentour qu'un jour on trouvait raides au beau milieu d'un champ, ou qui finissaient par s'éteindre au mitan de leur lit, sans un mot sans un bruit, ou bien encore se tordaient dans les convulsions insensées, terribles, inoubliables de ces agonies qui vous ont pris au ventre et ne vous lâchent, essorés et amers, qu'en atteignant la racine de vos cheveux, la racine de vos ongles. La mort naturelle. Les cinq gars du hameau ne sont pas morts de ça, ne sont pas morts comme ça. Ces cinq, et avec eux des milliers d'autres, on les a pris, on les a déposés sur une terre damnée où plus rien ne poussait, puis on les a ouverts à même la terre damnée et on a regardé dessus couler le sang de leurs entrailles, former ruisseau le sang de leurs artères, flaques, mares, bientôt étangs le sang de leur jeunesse. Ces hommes-là, qui sont d'ici même s'ils n'ont pas fini dans le lit des femmes d'ici comme Henriette s'était promis que ferait Louis, ces hommes-là ne sont pas morts, ils ont été tués. Ce n'est pas la même chose.

En cinq ans on s'est mis à mourir de plus en plus jeune au hameau. Le premier avait trente-six ans, le deuxième trente et un, le troisième quarante-deux – celui-ci, c'est comme s'il avait fait sa vie –, et quand ses deux grands gars y sont passés aussi, pour clore la ribambelle, vingt-deux et vingt-cinq ans, les yeux sont restés secs. On s'est inquiété de la mère, restée seule ou presque, anéantie, désormais sans mari, sans beau-frère, sans cousin et sans fils. On ne sait pas comment, elle a vécu jusqu'en 1966, c'est-à-dire plus longtemps veuve qu'épouse, et bien plus longtemps encore sans ses enfants qu'avec, d'une tenue sans pareille, en toute circonstance. Il faut croire qu'elle était au monde, qu'elle y était restée sans se laisser entraîner dans la chute, dans ce qui a coulé, à pic, avec ces cinq ans-là, avec ces cinq hommes-là. Pauvre et exigeant, un monde, le seul possible, et cette femme droite posée dessus et marchant vers sa fin sans la fuir ni l'appeler. Avec la terre à tenir, et les maisons, pour eux pulvérisés quand tout restait à faire ici, mêlés aux noms d'Argonne, de Sambre et Meuse, de Somme qui ne résonnent pas mais s'étouffent et vieillissent, inexorablement, faire ce qu'ils auraient fait, ne rien attendre de personne. La mère que nul n'appelait jamais par son prénom, Florine, trop beau, trop gai, léger et fin pour une vie de peine et de silence.

Henriette a vu partir les autres à la suite de Louis, 1914, les quatre autres, comme les membres de cette famille qu'elle ne rejoindrait pas, non comme des étrangers. Son cousin par alliance, Antonin le rêveur qui évitait les femmes, 1915, son beau-frère Félix, déjà père, qui laissa tout aux mains de la mère, 1916, enfin ses deux neveux, par alliance aussi, fils des précédents, Alexis le cadet, 1917, et Clément l'aîné, 1918, tout barbouillés d'enfance, encore, et si secrets, auxquels elle ne donnerait jamais ni cousin ni tendresse. Les quatre fois, c'est la mort de Louis qui a recommencé, c'est le même son de cloche perlant dans le brouillard qui égrenait la mort depuis le haut du clocher où elle s'était juchée, qui dégouttait sur tous, les familles, la terre, ces femmes dont on ne comprendrait qu'après qu'elles n'auraient plus un homme, dont les enfants voulaient consoler les chagrins du haut de leurs dix ans quand elles étaient leurs mères, leurs tantes, parfois leurs sœurs, quand ils étaient alors dénués de compétence pour réchauffer leur lit, leur cœur et alléger leur peine. Les enfants dans la guerre sont des riens encombrants qui rappellent les hommes, à la fin des cinq ans elles ont même vu en eux se dessiner finement comme des ombres adultes, l'esquisse maladroite d'une virilité maudite qui ne les destinerait qu'au remplacement des pères, à la tâche éperdue, et leurs corps aux canons s'il leur prenait envie, là-haut, de remettre la guerre sur le métier du temps. Pour un peu elles auraient voulu qu'ils restent dans leurs jambes, dans leurs jupes, ces gamins qui les faisaient tourner bourriques mais rester mères, pour ne plus jamais craindre d'avoir à endosser ce statut innommable, innommé, veuves-orphelines de leurs enfants défunts.

C'est à cela que ces enfants ont perdu le temps de la jeunesse. À cela dont très vite il ne resta plus rien. J'ai dit qu'au pli des terres ils avaient l'habitude d'imiter les combats – mitraille, blessures et mort, gerbes de terre arrachées au sol par les obus qui retombaient en pluie sur leurs épaules frêles, énergie débordante de l'enfance à qui manquent encore et la gravité d'un corps d'homme et la charge tragique qui s'en échappe aux heures sombres et donne le relief qui fait, jusqu'à vingt ans, cruellement défaut, qui fait qu'on se croit plat, pour toujours, et creux et inutile, aux femmes comme à la guerre. Bientôt le jeu cessa, trop de morts, trop de jours, et plus assez d'ivresse à imiter la vie. Au hameau il a fallu du temps pour que des hommes reviennent, des étrangers bien sûr, à qui la mère confia, peu à peu, du travail, puis un gîte, la terre enfin, qu'il valait mieux donner à ceux qui la travaillent et ne pas démembrer. Au moins le sol d'ici était-il exempt d'os, le sacrilège d'avoir à labourer des morts leur avait été épargné. Parfois je pense aux paysans de Meuse, d'Ardenne ou du Hainaut qui eurent à retourner la terre après la guerre, qui eurent à faire venir sur les corps démembrés des cinq gars du hameau l'avoine et la betterave, le chou et le houblon. Il n'y eut pas un corps à reconnaître, seulement quelques plaques où se lisaient des noms, mais sans lieux mais sans heure, sans image et sans gloire.

La gloire, elle n'est venue que tard, et d'en haut, là où l'on œuvre encore aux destinées des pauvres. En 1920, quand le seul rescapé a passé l'arme à gauche, suite aux lointains gazages ciselant les poumons et différant la mort, le champ d'honneur s'est fait de marbre. Sur la colline là-haut, entre église et mairie, les cinq gars du hameau et le retardataire, deux ou trois autres aussi dont je n'ai pas, ici, tenu le compte, ont trouvé un tombeau que la République, à ses frais, dora d'or fin et surmonta d'allégorie. Des noms d'or sur des plaques, c'est ce qui reste de ces hommes dont nous héritons tous, des espoirs de leurs mères, de leurs enfants anéantis, c'est-à-dire presque rien.

3.
Toucher
ceux qui sont nus

C'est à ces histoires-là qu'on doit les larmes qui nous montent aux yeux dès Bar-le-Duc, quand nous prenons les chemins de la mémoire qui furent longtemps les chemins de la guerre. Monter à la mémoire, pour moi qui suis né à quinze ans de la fin de la Seconde Guerre mondiale, c'est-à-dire à un grain de sable, à un très court instant, à pas même une génération de l'achèvement du très long conflit entamé en 14, c'est monter à la guerre. Presque cent ans après, laissant à leur sommeil les cinq gars du hameau qui sont tout ce qui reste de nos aïeux brisés, j'ai donc rejoint l'Allemagne, dont je ne connais pas la langue. Sans larmes mais en portant les noms d'or sur les plaques. Je suis à Cologne, je voudrais bien désormais penser dès Bar-le-Duc, non pas pleurer. Il se peut que j'aie à faire cela, le lien entre l'émotion de madame Jean et le détachement des étudiants des programmes Erasmus qui visitent Dachau comme nous Pompéi, emplis de révérence et de solennité, avant que tout cela ne sombre. Je regarde le garçon allemand qui me fait face, je l'ai saisi par la nuque, il est bien entendu que c'est de plaisir qu'il s'agira entre nous. Je le dévêts en silence, nous sommes aux premières mesures d'une cérémonie du corps. Je vais faire de ce corps l'objet de ma jouissance, il me mettra hors de moi, mais je mesure comme jamais que chacune des étapes du chemin qui nous mène à l'étreinte, à la sueur, aux larmes, à la salive, au foutre, peut tourner au calvaire, s'ouvrir sur la souffrance, la contrainte et la force, résoudre en sang l'espoir qu'on y avait placé. Cela ne tient à rien d'autre qu'une intention soudaine servant, en lieu d'un désir plus ou moins ordonné, une ambition retorse, un besoin d'absolu, une chimère folle où se glacent les sens, parfois une simple idée.

Maintenant je veux savoir son nom, car il est entendu que le tumulte historique qui agite ma raison, et peut-être la sienne, sera, ce soir, endigué, contenu dans les limites que nous lui fixons dans l'ordinaire des jours pour pouvoir continuer à avancer, dans les livres et dans l'art, dans les prières, les vœux et les regrets. Je veux savoir ton nom – et mon geste retient, pour un instant encore, la chemise entrouverte. *Name?* Andreas. La chemise est au sol. Andreas torse nu devant moi, avec comme un déséquilibre entre les deux épaules, quelque chose de noueux, au centre, qui renferme la force, un tableau peu aimable mais si précisément construit que je redouble d'envie et d'attention. Ce n'est pas un corps d'aujourd'hui mais un corps de peinture, c'est-à-dire un corps de toujours, venu des très vieux temps. L'époque où nous sommes ne consent à les voir que dans les musées, les détaille chez Caravage, les discute chez Greco, sans songer qu'ils venaient de la rue où ils se tiennent toujours, d'autant plus émouvants de revenir à nous dans de telles lumières…

Comment vais-je poser ma main sur ton corps, Andreas? Il se rapproche un peu et ôte ma chemise, nous sommes pleins et prêts. De nous être longtemps retenus, dans un silence et une contemplation suspendus à la surprise et au plaisir, provoque à cet instant une sorte de tumulte, et nous nous empoignons, par les bras, par la nuque, par le torse et les reins. Voilà comment tu prends mon corps, Andreas: de toutes parts, car l'ivresse t'a gagné comme elle m'a gagné moi, et j'accepte les acrobaties que ton ardeur soudaine m'oblige à faire. Tête penchée en arrière, mains cherchant un appui, trouvant un mur, bientôt le sol, quelle souplesse! et tes dents se plantent dans la peau de mon ventre, un peu de brutalité sourd de tes agissements, elle me va, elle cadre avec ton torse et ton silence, et je comprends que là tu voudrais bien m'ouvrir, non tant en métaphore, d'un coup de rein, mais déchirer ma peau en espérant trouver, derrière la peau, le muscle et les irrigations ce que cache mon âme française et apaisée. Voilà comment je prends ton corps, Andreas : allongé sur le sol je ramène ta bouche qui traînait sur mon ventre, je la hisse à la mienne puis j'encercle ton dos, m'arrime à tes épaules, serre à en perdre haleine l'heureuse tresse de muscles où gît ce que tu es, où bat ce que tu veux. Si je pouvais tout entier t'absorber dans un désir dément de gagner ton essence et ta vitalité, ficher dans mes entrailles cette magnificence sans âge et sans destin, j'aurais sans doute gagné, et l'Histoire avec moi, un peu de cette paix si douce à nos épaules quand nous la rencontrons.

Voilà comment nous nous mêlons : ceci est notre corps, prenons-le pour en jouir, prenons l'autre pour aimer et retournons au vent. Mais s'il fallait que je noue Andreas autour d'une colonne, le hisse sur une croix, l'enterre, l'emmure vivant ou le jette au cachot, comment m'en saisirais-je ? Mais s'il fallait qu'au fond d'une tranchée d'Argonne, une rue de Stalingrad, nous nous rencontrions pour nous éliminer, à mains nues et sans larmes, où irions-nous d'abord : au cœur, au souffle, à l'âme ? Cette phrase de Julien Gracq dans ses *Manuscrits de guerre* : « Peut-être pourrait-on aller jusqu'à dire que deux troupes s'approchent l'une de l'autre avec quelque chose de la curiosité ambivalente de l'amour. »

Je laisse Andreas dans la nuit de Cologne, là où je l'ai trouvé cet après-midi même, sur l'incertain parvis qui isole la cathédrale du pêle-mêle urbain qui l'entoure, indéchiffrable mais plutôt gai, insolent, oublieux semble-t-il du déluge de fer par quoi se termina, ici comme à peu près partout dans le pays, la geste meurtrière, l'épopée délirante des pères et mères nazis de mon amant d'un soir. Je rentre me nicher sur les terres de calcaire où je me suis fixé, d'où j'ai osé descendre pour aller voir un peu d'où nous venaient ces guerres, le pays des Allemands, *Deutsch Land*.

4.
Visiter les prisonniers

Je fais parfois aussi des choses moins insensées, plus ouvertement touristiques. Je suis ainsi allé à Malte pour voir, de mes yeux voir, le tableau de Caravage qu'abrite l'oratoire de la cathédrale Saint-Jean de La Valette, *La Décollation de saint Jean-Baptiste*. Ce n'est pas sans rapport avec Andreas. C'est une œuvre saisissante, une leçon de ténèbres. Je n'ajouterai rien à la glose imposante qui entoure et parfois recouvre Caravage, je suis censé ne pas aimer la peinture, au dire de mes amis ! Ceci pourtant : cette toile de très grand format (3,61 × 5,20 m), datant de 1608 (soit deux ans avant la mort du peintre), représente l'épisode rapporté en Matthieu 14, 3-12 : « 3. En effet, Hérode avait fait arrêter et enchaîner Jean et l'avait emprisonné, à cause d'Hérodiade, la femme de son frère Philippe ; 4. car Jean lui disait : "Il ne t'est pas permis de la garder pour femme." 5. Bien qu'il voulût le faire mourir, Hérode eut peur de la foule qui tenait Jean pour un prophète. 6. Or, à l'anniversaire d'Hérode, la fille d'Hérodiade exécuta une danse devant les invités et plut à Hérode. 7. Aussi s'engagea-t-il par serment à lui donner tout ce qu'elle demanderait. 8. Poussée par sa mère, elle lui dit : "Donne-moi ici, sur un plat, la tête de Jean le Baptiste." 9. Le roi en fut attristé ; mais, à cause de son serment et des convives, il commanda de la lui donner 10. et envoya décapiter Jean dans sa prison. 11. Sa tête fut apportée sur un plat et donnée à la jeune fille qui l'apporta à sa mère. 12. Les disciples de Jean vinrent prendre le cadavre et l'ensevelirent ; puis ils allèrent informer Jésus. » En réalité, Caravage a choisi d'illustrer l'ellipse que l'évangile introduit entre les versets 10 et 11 du chapitre. Point de tête sur un plateau, donc, mais une exécution comme éclairée par la lune, suspendue juste au-dessus de la veille et au-dessous du sommeil, dans un de ces entre-deux où le poids du réel est, décidément, indécidable. Les mains et les regards des témoins et acteurs de la scène convergent vers Jean-Baptiste étendu dans son sang, dans la cour de la prison. À gauche une servante tendant le plat qui recueillera la tête, une vieille femme se couvrant les oreilles, le gardien désignant le plat, puis tout à fait à droite deux prisonniers penchés assistant à la scène à travers les barreaux de leur cellule, enfin au beau milieu le bourreau penché sur la victime, poignard dans la main droite qui a fait son office, ramenée derrière le dos, et cheveux du Baptiste dans la gauche pour achever de décoller la tête du tronc. Il faut donc en convenir : la mort vient lentement ; elle n'est sans doute pas aussi silencieuse que dans les livres d'histoire, fût-elle de l'art ; si elle est, indéniablement, le fait d'une volonté elle est aussi le fruit d'un geste. Et la toile enregistre le travail du bourreau comme celui de la mort, incarnés tous les deux dans l'entaille profonde par où goutte le sang qui se résout en nom, puisque Caravage a signé du sang du saint, lui qui ne le faisait jamais. On ne saurait mieux faire pour situer les enjeux…

Entre la fin du verset 10 et le tableau tel qu'on le voit, Jean-Baptiste a été mis à terre, sans doute par le bourreau, peut-être aidé par le gardien, encore qu'on ne l'imagine guère tremper dans ces manœuvres. Il est trop bien vêtu, ce que ni le bourreau ni le saint ne sont qui sont quasiment nus. C'est d'ailleurs sur leur peau qu'accroche le peu de lumière qui éclaire la scène. Je reviens à ce sentiment très fort de suspension qui émane du tableau. Une fois Jean-Baptiste terrassé, le bourreau penché à le toucher lui a ouvert la gorge, puis s'est un peu levé, et le tableau commence. Il y a sur le visage du saint une sorte de souffrance concentrée, sur celui du bourreau une sorte de détachement paisible, mais pas la moindre trace de haine, de vindicte ou de peur. Ce qui doit être sera, est, puis a été, et nous voilà. Andreas de Cologne avait un corps très proche de celui du bourreau. Dans la cérémonie d'amour nous risquons toujours tout. J'étais sûr du plaisir que nous nous donnerions, et sûr aussi qu'il aurait eu la même délicatesse pour me trancher la gorge que pour me pénétrer, qu'à cela une vibration eût suffi à nous précipiter. Et la servante muette, la petite vieille affolée et le gardien soumis auraient formé cortège pour quitter le tableau et regagner le verset 11, laissant Andreas avec mon corps sans tête et un reste de sang bientôt bu par la terre.

Et s'il avait fallu que je tue Andreas ? Où aurais-je puisé le détachement souverain qui anime le bourreau, dans quelle raison d'État, quel consentement aux lois, divines et séculières, quelle croyance en Dieu, enfin, quel égarement ? À moins que mes yeux d'homme, mon savoir et mes peines, ma condition et mes craintes, une mélancolie portant au fatalisme et une perception du monde infiniment plus verticale et brutale que la nôtre aient donné à mon geste une nécessité, cruelle mais salvatrice, quand bien même avant de le tuer eussé-je goûté aux creux les plus tièdes d'Andreas dans le repli ombreux d'un cachot pourrissant ? Aucune morale, vraiment, ou bien celle des bourreaux, des assassins, de leurs mentors et des guerriers qui depuis que le monde est monde tranchent et percent et bombardent et lardent et coupent, éclatent, ou signent en conscience des ordres de tuerie ?

Impossible de trancher, si j'ose dire. Je m'étonne parfois d'être le siège de telles interrogations, pour la plupart fruit de l'héritage et non de l'expérience propre, alors que tout autour de moi concourt au paisible endormissement des sens, y compris par l'espèce d'érotisation diffuse qui gagne un terrain chaque jour plus étendu. Il ferait mieux de s'envoyer en l'air tranquillement avec des grands gars tout simples, se disent ceux de mon entourage qui trouvent que je travaille du chapeau. En réalité, le grand gars tout simple est une projection, une idée de gens compliqués qui baisent sophistiqué. Andreas et moi sommes de grands gars tout simples qui avons mené notre affaire très simplement, et le détour que j'ai fait par le déplacement à l'étranger, le poids de l'histoire qui m'encombre, l'image d'un corps peint voici quatre cents ans constituent l'ordinaire de ces relations qui se passent de mots et doivent impérativement s'incarner dans le temps, généralement bref, qui leur est imparti, si elles veulent avoir une chance de laisser une trace qui puisse être de quelque utilité dans la suite de nos jours. Autrement dit, si j'ai choisi Andreas pour m'aider à comprendre quelque chose aux strates d'histoire qui s'accumulent en moi, à ce qui traverse le pinceau de Caravage, à ce qui se joue dans l'âme quand les corps se rejoignent, il vaut mieux que nous fassions ensemble un tout petit peu plus que de tirer un coup. Et mieux il m'aidera à mener cette réflexion, mieux je l'aiderai à avancer de son côté, quelle que soit la fin qu'il poursuive avec moi, dont évidemment j'ignore tout.

5.

Nourrir ceux qui ont faim

Parfois je descends aussi du plateau calcaire où je vis pour des destinations plus triviales, me ravitailler, voir du monde, trouver un garçon à aimer, toutes choses quasiment impossibles à concrétiser sur ces hautes terres où ne souffle que le vent qui en été rabat ces longues graminées qu'on appelle cheveux d'ange, en hiver clôt le monde en apportant la neige. De toutes les incongruités que génère la vie que nous nous fabriquons, d'un accord de moins en moins commun, de plus en plus tacite, certes, mais que nous fabriquons, la floraison des longues galeries marchandes à la périphérie des villes n'est pas la moindre, mais elle n'est pas, tant s'en faut, la plus accablante, car il s'y est rapidement inventé des usages plus ou moins détournés qui relèguent de temps à autre leur fonction commerciale au second plan, ce qui est une victoire, modeste mais réelle, sur le rôle d'hommes économiques auquel nous assigne le dieu Commerce qui par ailleurs prospère avec notre actif concours. On peut ainsi, du moins dans les provinces mordues par l'oubli et le givre, terriblement continentales, à Rodez, au Puy, à Mende, à Aurillac, y trouver le pain, le sel, le vin et le garçon qui se laissera convaincre de prolonger ses courses d'une étreinte rapide mais dense, précise, dans le temple même du commerce ou dans quelque bosquet discret des alentours. Puis il regagnera, la chose faite, une petite amie en ville, une ferme isolée à quelques kilomètres, un travail de routine ou une ivresse feinte. C'est à cela que servent à des gars dans mon genre les vallées où l'on vit, l'on échange et l'on passe.

À l'entrée de ces temples s'installent souvent ceux qu'on nommait autrefois les pauvres hères, des garçons isolés en compagnie d'un chien, ou plus rarement des filles, et parfois ils sont deux. Toujours jeunes, ils tapent le chaland sur un air d'ironie, rarement agressif et jamais quémandeur. Quelque chose comme une très ancienne fierté les habite, leur rehausse le front, les épaules et la nuque, ils sont hâlés et sales, rapiécés, souvent beaux. J'en ramène parfois un avec moi là-haut, ne lui demande rien. Il a gîte et couvert pour une nuit ou deux, et un temps de parole qu'il peut mettre à profit pour éclaircir le soir de ses récits hachés, dont j'accepte le poids, les pleins et les déliés. Les vides et le silence aussi. Ceux-là aussi ont des corps de peinture, et les visages qui vont avec, ils ont tout simplement quitté les toiles de Raphaël, Mantegna, Lotto, le Titien, Tintoret pour venir faire un tour dans une époque qui leur refuse à peu près tout, ne leur cédant que la vie nue.

Et leur corps est témoin de l'errance qu'ils pratiquent, leur histoire s'y inscrit et s'y lit sans un mot. Ils n'ont pour cela pas besoin de le montrer, mais quand cela arrive c'est une confirmation. C'est là que j'ai rencontré Adrien, buté, vaguement soupçonneux sur ce qu'il supposait de mes arrière-pensées, insistant sur le fait que les garçons, non merci, pas pour lui. Je tâchai de lui dire, sans rire mais en sourire, que l'hétérosexualité dont il se protégeait n'était pas un problème, en tout cas pas le mien. Sa méfiance en sourdine, il plongea dans la nuit. Un sommeil sans fond le retint longuement dans ses rets dont il jaillit le lendemain midi comme s'il venait d'échapper, enfin, à une longue traque. Il déboula dans la cour torse nu, presque affolé, aveugle. Celui-là n'avait pas un torse de bourreau mais de saint Sébastien – celui du Greco pour tout dire, verticalement divisé par cette sorte de creux qui d'ordinaire ne se voit qu'au plexus et qui là, naissant à la pomme d'Adam, dégringolait jusqu'au nombril, faisant un homme divisé recueillant sur lui-même en une rigole nue un peu de la souffrance qui animait ses jours –, sur lequel se lisait, parfois se déchiffrait assez difficilement, un parcours de terreur qu'il retrouvait la nuit. Il s'assit sur le seuil et s'adossa aux pierres chaudes de la façade, passa un long moment dont je ne sus jamais s'il était de stupeur ou de méditation, ou d'absence à soi-même plus radicale encore que celle qu'on doit parfois à la folie, l'alcool, l'héroïne ou la gloire. Il me toucha durablement tant il était lisible, triste et beau et lointain, mais plus précis encore, plus tendre, plus orgueilleux que si j'avais passé la nuit à le baiser longtemps.

Fils de bonne famille en rupture de ban, il avait filé tôt pour échapper aux pièges d'un père cyclothymique, d'une mère éparpillée, d'un terreau familial où il n'avait puisé que de l'acidité. Très intelligent, il avait extrait de lectures en désordre de quoi aimer le calme, l'envie de voir le monde, l'indifférence profonde à tout statut social. Très isolé, il n'avait pu se lier qu'à d'autres solitaires dont il était certain qu'ils ne lui nuiraient pas. Tout cela en faisait un candidat rêvé pour une fin précoce dans une impasse hallucinatoire, une rixe dont il serait la victime idéale pour des branleurs sans honneur ni morale, un dégagement latéral sur la psychose ou quelque autre péripétie offerte à nos indifférences. Avec cela vingt-cinq ans adossés à la pierre, perdus dans les méandres d'une pensée aussi batailleuse que ses cheveux, et moi devant cloué par le soleil et la contemplation, qui voyais dévaler de ses yeux embués, de ses épaules et rouler sur son ventre, enfin filer au sol, cette enfance vidée d'amour, ouverte au pire. De la pointe de ses épaules à celle de ses hanches se lisaient quelques cicatrices formant récits, et même histoire tant certaines semblaient anciennes qui voisinaient avec d'autres, plus fraîches, encore sensibles aurait-on dit, en écho à la brisure qui avait imprimé – la semaine dernière, m'avait-il dit – à son arcade sourcilière un aspect irrégulier saillant très évidemment sur la régularité qui rythmait son visage. Quand il eut enfin quitté ce sommeil éveillé où il s'était attardé, nous avons lentement fait le plein de haschisch et devisé longtemps dans la chaleur du jour.

Chacune de ces cicatrices disait un tourment singulier : le père qu'on voit parfois errer dans la cuisine, un couteau à la main, quand on n'a que cinq ans et qu'on nous a chargé de veiller sur sa vie, avec pour tout bréviaire l'effroi d'être soi-même cible de la stupeur où on le sent glisser ; et les coups de ce père revenu des confins où il s'anéantit, marquant au dos du fils un allant retrouvé, une confiance neuve en ses capacités de dominer sa vie ; le besoin d'en découdre, plus tard, de pousser l'autre dans ses retranchements d'où il arrive qu'il sorte et vous dérouille salement, la cicatrice ayant alors valeur de trophée, témoin d'une façon d'être au monde qui en vaut bien une autre aux yeux de qui la pratique mais horrifie les autres ; ce passage à tabac bien plus sévère qu'un autre que lui aura valu son allure de zonard, et nulle autre raison, par deux décérébrés qui le laisseront pour mort et s'en iront plus loin trouver d'autres victimes de leur brutalité, une fille à violer, ou deux, un pédé à casser, de quoi meubler enfin la longue suite de temps que dresse devant eux leur abrutissement.

Comment s'empare-t-on d'un homme que l'on veut battre ? Par les épaules, sans doute, et par surprise, sûrement, afin de le jeter à terre, et là laisser pleuvoir sur lui les coups que distribuent pieds et poings, auxiliaires métalliques et agréments verbaux. Rien là de la cérémonie que la légende noue, et le peintre à sa suite, dans la cour d'une prison pour trancher une tête et l'offrir en présent sur un plateau d'argent à la femme qui danse et ensorcelle un roi...

Le corps d'Adrien tabassé gît sous un abribus, il est bientôt cinq heures, l'aube pointe. Un soupçon de vent aiguise les blessures qu'il ne sent plus depuis déjà longtemps, depuis qu'il a compris que les deux égarés qui lui sont tombés dessus parce qu'un peu de dégaine marginale et de beauté oblique faisaient comme une injure à la nuit de la ville, à la petite bêtise rance qui en cimente l'économie, à leur propre néant si difficile à vaincre, et si constant, n'auraient de cesse qu'ils ne l'aient, comme le temps dans lequel ils s'engluent, tué. Adrien n'a pas simulé la mort pour avoir la paix, mais quelque chose en lui a cédé dans lequel il s'est engouffré, ce qui a permis aux deux autres de le *laisser pour mort*. Laisser quelqu'un pour mort, c'est l'avoir tué. Comment entraîner la mort avec l'intention de la donner quand on baguenaude dans l'ordinaire des jours, quand on n'a pas le poids d'un jugement à prononcer, fût-il inique, quand on n'a pris aucune responsabilité au regard de qui ni de quoi que ce soit – Dieu, l'Histoire, les hommes, une idée ? Peut-être est-ce encore plus simple que d'avoir à invoquer je ne sais quel tribunal, à mettre en place un processus, une théorie, un gouvernement. C'est sûrement bien plus simple, c'est une envie qui passe et qu'on suit sans effort, un à gauche, l'autre à droite, pour se monter le bourrichon on assaisonne d'insultes l'homme dont on va, Hérodiade d'un soir, se payer la tête, puis on joue du poing droit dans les côtes et dès qu'un coin paisible s'offre à nous un croche-pied fait l'affaire qui met l'homme à genoux puis à terre. Là, c'est affaire d'inspiration, de temps qui passe, d'envie, encore, qui prend corps ou s'efface, on joue du pied, tant que l'homme est à terre, bouge et crie et se tord, des effluves pimentés entretiennent la flamme, parfois un arrière-plan sexuel déchire le brouillard des intentions puis repart dans les cintres, et Adrien comprend que l'immobilité de son corps sous les coups lui donnera sa chance. À moins qu'il n'ait déjà perdu conscience, auquel cas c'est son corps qui, gagnant une immobilité de gisant, donne une chance au garçon. Car les brutes, elles aussi, ont une dignité, et des limites : on ne saurait décemment s'acharner sur un cadavre, passons à autre chose.

Je n'ai pas recueilli le corps d'Adrien à l'aube, mais son récit des mois après dans le calcaire, le soleil et la paix. Adrien, souffle et torse fragiles, disloqués, cimenté par la crainte et d'une détermination sans faille à rejouer les affrontements d'hier jusqu'à ce que sa vitalité ne vibre plus. Adrien vibrant, ô combien, chez moi, que je n'ai pas touché. Comment poser la main sur une blessure ?

6.
Toucher
ceux qui sont morts

Je n'en suis pas resté là avec l'Allemagne, le pays dont je ne parle pas la langue, ni avec Andreas, dont j'ai infiniment aimé les gestes et l'attention, portés par un de ces corps ramassés, denses que Caravage a donnés au bourreau de saint Jean-Baptiste – à quelques autres aussi. Nous nous sommes retrouvés à Berlin.

Quelle que soit la béance de la plaie ouverte au flanc européen en 1914, et quelle que soit la sensibilité, encore, de la blessure, nous avons peu à peu bâti sur l'événement une somme de pensées qui lui ont fixé des bornes symboliques, émotionnelles relativement précises entre lesquelles se frayer un chemin reste possible à qui en éprouve le besoin. Il est pour moi la grande porte d'entrée dans le siècle : des hommes se tiennent sur le vaste plateau de terre qui avance vers l'Atlantique, au fil des cent vingt années précédentes ils ont forgé les formidables leviers qui vont durablement dicter leurs conditions au monde (naissance de l'industrie, division du travail, colonialisme, irrésistible ascension de la bourgeoisie – l'ère du roman), et, peut-être pour vérifier la solidité de leurs acquis, ou plutôt pour trouver un exutoire aux tensions insensées qui agitent leurs entrailles et leurs muscles, depuis sans doute la nuit des temps, comme le constatait déjà Thucydide, ils s'abandonnent sans frein aux joies d'un affrontement aux allures militaires mais pourtant étrangement civil où s'engloutiront sans barguigner neuf millions d'hommes. Je sais où est cette porte, et que le chemin auquel elle donne accès est un chemin qui descend. Contrairement à Orphée, nous avons tout loisir de nous retourner pour considérer le parcours, derrière nous tout est déjà pétrifié. Si j'ai éprouvé le besoin de toucher un corps allemand et d'être touché par lui, c'est sans doute, en vertu de cet étrange pouvoir d'équivalence que l'évangile de Matthieu accorde au Christ (« chaque fois que vous ne l'avez pas fait à l'un de ces plus petits, à moi non plus vous ne l'avez pas fait »), pour entrer en contact avec un de ces soldats qui aurait pu me tuer et que j'aurais pu tuer alors que lui et moi sommes de la même eau. Et nous nous serions tués au lieu de nous étreindre comme Andreas et moi (et d'évidence cette étreinte n'aura rien racheté). Pétrifiés, les soldats morts le sont toujours, mais je sais où ils sont – sur le bord du chemin, aux premiers pas de la descente – et par conséquent où je suis, moi – quelques pas plus avant, toujours dans la descente.

Or, sur ce même chemin se dresse un second obstacle autrement infranchissable pour l'entendement, c'est pourquoi il me faut revenir à Andreas – et pas seulement à Andreas. Et aller à Berlin.

C'est déjà passablement frais en novembre, Berlin, mais c'est infiniment plaisant, c'est vaste, on y respire. Andreas aime et connaît la ville, y loue un grand studio quand il y vient pour son travail, une ou deux semaines deux ou trois fois par an, toujours dans un quartier différent ; il me laisse une clef, nous nous voyons le soir. Nous avons l'un en l'autre, curieusement, une confiance totale sans presque nous connaître et en nous parlant peu. C'est dû à cet accord du corps que nous avons trouvé, le premier soir à Cologne, à l'intense écoute mutuelle à laquelle nous nous sommes livrés avant même de nous toucher. Nous retrouvons, à Berlin, sur le seuil du studio, le premier soir, un peu de cette suspension où nous étions plongés, le temps que nos sens s'acclimatent, mais rapidement nous la rompons et sommes au cœur de l'autre, agités, aux aguets, dans un contentement qui nous coupe le souffle. L'entente sexuelle n'est pas une mince affaire, elle a la puissance imparable des cataclysmes naturels, déroute la raison, la déboute, ne s'apaise que parvenue au bout de ses propres logiques. Elle nous fait rire, Andreas et moi.

Voilà, je couche avec un Allemand, c'est officiel, et comme ça s'est répété on ne peut plus prétendre que c'est dû au hasard. Ce n'est pas tant le corps d'Andreas, cette fois, qui me projette dans l'Histoire, que mon acte. Je ne serai pas tondu, même si ça se sait. D'ailleurs, tondre les cheveux d'un garçon ne le couvre pas de cet opprobre sous lequel on voulut, en 1945, ensevelir les femmes françaises qui, pour quelque raison que ce soit, je veux dire pas forcément pour collaboration, avaient abandonné leur corps à ceux des soldats blonds. On n'est pas très documenté sur le sort des garçons qui en firent autant, on sait seulement que d'aucuns pensèrent, et dirent, après, et jusqu'à récemment encore, que c'est *parce qu'*ils étaient homosexuels qu'ils avaient collaboré, conjuguant en toute bonne conscience esprit de revanche et homophobie. Comme s'il n'y avait pas eu de pédés dans la Résistance... L'image me hante : qu'aurions-nous fait, Andreas et moi, si nous nous étions croisés dans une rue de Paris, lui en uniforme de la Wehrmacht, moi porteur d'une exaspération ordinaire vis-à-vis de l'occupant, et tous deux, en quelques secondes, emplis d'un violent désir pour le corps de l'autre où quelque chose flotte qu'on ne saurait nommer mais qui dévisse la tête ? C'est la fuite ou le risque, entre les deux le vide. Pour ce qui est du risque, il nous aurait fallu alors un courage insensé dont je suis incapable de dire si je l'aurais eu, ou pas. Comme je suis incapable de dire si j'aurais pu, ou pas, résister – car nul n'aurait vu le fait de coucher avec le soldat Andreas comme un acte de résistance, et pourtant...

Je ne prétends pas donner de leçon de morale *a posteriori,* ni me livrer à des transgressions de pacotille simples à envisager une fois le danger passé. Je cherche simplement à comprendre comment le Corps Allemand, majuscules à l'appui, est entré dans la vie française et continue à en façonner certains aspects, malgré qu'on en ait. Ne reculant devant rien, je tente quelques explications en ce sens, en anglais, à Andreas qui s'étonne rêveusement de ma présence dans ses bras. « *Oh really ?* », répond-il poliment, mais ça n'a guère d'importance. Je serre un peu plus son corps de bourreau du Baptiste et l'embrasse, nous rions, repoussons à hier nos corps criblés de balles, torturés, découpés. Pourtant les cicatrices ne sont jamais très loin, une caresse ou une exploration plus détaillée qu'une autre peut en révéler une négligée par la vue. Sous ses dehors aimables, industrieux et parfois mornes, l'Allemagne m'en semble recouverte dont je ne peux savoir comment elles sont senties par ceux-là qui la peuplent, sinon par l'art qui çà et là nous jette, aux sens, à la raison, aux yeux, de ces poignées de terre noircie qui est la terre des ruines, la terre des incendies, de la déréliction, ce qui reste au retour de la paix du meurtre commis par les pères. Le fait nazi, cette masse impensable dont l'ombre projetée persiste à s'étendre sur l'histoire du monde, à laquelle mon regard français ajoute les ramifications dues à l'Occupation, n'est pas un empêchement à aimer ce pays, ceux qui le peuplent et y travaillent, mais il *demeure* – non au sens de la persistance idéologique ou du renouvellement factuel, au sens de l'être-là, de la maison, de la trace ineffaçable : celle du sang sur la clef de la porte que le peuple, un jour, a poussée, entrouverte un instant pour qu'on y voie l'enfer, et qu'un atroce déluge de bombes a péniblement refermée, laissant les hommes hagards et l'incendie œuvrer. Tes lèvres, Andreas, et tes os, tes gestes mesurés, le creux de tes reins doux, ta queue chaude, ton sourire, cette source de toi à laquelle je m'abreuve, à Berlin que l'Histoire réduisit à néant, où je me sens si avisé d'être venu toucher, du doigt, la blessure profonde marquée au flanc de l'homme.

Dans la Bildergalerie du palais Sanssouci de Potsdam se trouve une *Incrédulité de saint Thomas* de Caravage que je suis allé voir le lendemain de mon arrivée. On connaît l'histoire. Thomas y a les traits d'un vieillard dubitatif que le Christ oblige, en guidant sa main, à vérifier la présence de la plaie laissée par la lance de ses bourreaux en l'incitant à y introduire le doigt. Le tableau, en plan rapproché, densément occupé de mains et de regards, de fronts soucieux, impose tranquillement une cohérence de construction et de circulations, un monde en soi, même environné d'une bonne centaine d'autres toiles, dont deux ou trois merveilles, même par temps clair quand la luminosité oblige à quelques contorsions pour déjouer les reflets. La plaie est largement ouverte où l'index de Thomas disparaît, il n'en dégoutte pas le moindre sang (je rappelle que nous sommes après la Résurrection) ; elle a donc à la fois la portée symbolique voulue par l'évangile de Jean et l'aspect réaliste voulu par le peintre avec ses allures d'entaille au flanc d'un macchabée. Qu'y a-t-il dans le corps de l'autre que je veuille posséder avec tant d'ardeur dans le désir, que je veuille extirper avec tant d'acharnement dans le combat, dont je veuille vérifier la présence avec tant de précision dans le Livre ? Qu'as-tu en toi d'enchanteur à ce point, Andreas ? Qu'aviez-vous sous la peau, corps allemands, dont nous ayons voulu par trois fois vous priver, qu'avions-nous sous les côtes, corps français, que vous ayez voulu par trois fois nous soustraire ? Qu'avait donc le corps juif qu'il ait fallu ôter, et pour cela fouailler, émonder, équarrir, en nous couvrant de sang, puis de suie, puis de cendres ? L'infini du désir, et pour y accéder l'infini de nos corps ; l'infini des pensées, et pour le traverser l'infini de nos joies ; et l'infini du Livre, enfin, que rien n'arrête, pas même le doigt des saints, l'élan de la Passion et la fureur du meurtre. Ce que nous touchons dans l'amour en pénétrant le corps : le lieu où la pensée bascule, que submerge l'obscur, auquel il faut veiller comme à la prunelle de nos yeux, comme au saint sacrement.

Toucherai-je jamais l'endroit du corps, de l'âme où les nazis œuvrèrent, le lieu où se dissout ce qui nous tient debout ? L'endroit d'où les ordres fusèrent, les hurlements jaillirent, où les coups furent portés, les ongles arrachés, les têtes immergées, les sexes violentés, les corps déboutonnés, les bouches édentées, les cheveux abattus, où l'on parvint enfin à envisager l'impensable et à l'exécuter ? Où cela se tient-il ? Très loin de l'art et des forêts, aux antipodes de Dieu, de l'homme et de la foi, assurément ; mais où ? Aucun lieu, nulle part, ne peut abriter ça qui pourtant arriva et se para des traits, divers et menaçants, d'une clique de malades qu'on prit pour des gens sains, pour des hommes dont l'âme siège au dedans du cerveau, alors qu'en vérité elle avait déserté leurs corps et leurs habits, les endroits où l'on parle, laissant des mécaniques vidées de sang errant dans des parcs arborés, des terrasses, des palais, décidant et dansant, brûlant d'abord les livres, puis les lieux, puis les Juifs, et courant pour finir au cœur de la fournaise où se dissoudre enfin dans une sorte de rire que le crépitement des flammes recouvrit.

Sur le corps d'Andreas je ne trouverai rien que les traces des victimes. La pensée de la haine et ses actes ne sont pas notre héritage, ils restent aux basques du pouvoir, de l'argent, de la pègre, où les laquais s'activent pour les cérémonies futures, où « le destin s'aiguise sur d'autres aiguisoirs », pour reprendre les mots employés, quatre cent cinquante-huit ans avant Jésus-Christ, par Eschyle dans *Agamemnon*. C'est qu'on n'invente rien, voyez-vous, tout ou presque est toujours déjà là.

7.
Loger
les pèlerins

De la même façon que je reviens me nicher dans le calcaire entre deux voyages, entre deux hommes, entre deux pensées par trop malfaisantes, je reviens à l'enfance et à ma terreur si précoce de la guerre. La maison de calcaire, dont le nom, Volcégur, claque au vent puis s'évade dans l'air tiède du soir, est une maison d'accueil, pour les récits, les corps et les cœurs fatigués, posée sur le rebord d'un causse voici plus de trois siècles par ces paysans des pays de pierre si habiles, rompus à l'art d'édifier des abris pour les hommes et leurs bêtes et qui, pour éviter que le feu ne ravage les charpentes, dans ce pays où l'eau est rare, les remplacèrent par des voûtes claires qui donnent à ces maisons des allures de bergeries cisterciennes. Au fil du temps Adrien a pris le goût d'y faire halte, une ou quelques fois l'an, que je sois là ou pas. C'est ainsi que j'ai glané ce que, de lui, j'ai raconté d'un bloc, condensant en une séquence ce qu'il a fallu extraire de l'extrême fragmentation de ses propos, de leur précieuse rareté.

Au premier soir de son deuxième séjour, je lui ai montré, posé dans une niche creusée à même la pierre, un sablier banal qui était placé là. Je lui ai dit : ce sable que tu vois est presque noir, j'y ai mêlé les cendres de mon père, et quand je dois faire face à un vide trop intense, à une peine trop lourde, une pensée trop pleine, je retourne le sablier et je regarde passer et le temps et la vie de mon père. À un garçon comme Adrien je peux confier cela qui à tout autre semblerait relever de la démence. C'est une partie de mon enfance qui file ainsi avec le sable, cette enfance qui m'a tant rebuté, une enfance où l'idée de la guerre me faisait fondre en larmes. J'en hoquetais de ne savoir trouver le souffle qu'il fallait pour vaincre le nœud noir qui me serrait la gorge. J'avais huit ou dix ans, j'écoutais *Le Déserteur* chanté par Boris Vian, et si je ne comprenais pas le sens de chaque mot je savais que la chanson disait l'angoisse mortelle qui m'étreignait à *l'idée* de devoir, un jour, partir combattre. J'étais, je crois, prêt à mourir, là, tout de suite, à disparaître, glisser dans le néant, plutôt que d'obéir aux ordres imbéciles qui me feraient épauler, viser, tirer, abattre et recharger. Mes parents, foncièrement antimilitaristes, étaient quand même un peu interloqués d'une telle sensibilité et tentaient de me convaincre tant bien que mal que la probabilité de me trouver dans une telle situation (avoir à déserter, car évidemment c'était la seule chose à faire) était infime. Je ne pouvais décemment pas leur dire : papa, maman, je suis pédé, et tout ce qui ressemble à une force virile institutionnalisée me révulse, les flics, l'armée, le sport et la camaraderie, les pères de famille et les curés, tous ceux qui sentent sans que je dise un mot que je suis un danger, pour eux, mortel, et qui n'auront de cesse que de m'éliminer. Je le savais, mais je n'avais pas le premier mot pour le dire. Heureusement, ça les aurait sciés.

Regarde, Adrien, tu es chez moi, tu as compris que je ne toucherai pas un seul de tes cheveux sans que tu y consentes, regarde ce sablier où doucement passe mon père, où le temps s'amoncelle, lâche bride à l'enfance qui suinte de tes gestes, coule de tes regards, et dis-moi, si tu peux, comment il est possible de se laisser toucher quand on est prisonnier des rets de la violence. Regarde cette paume et dis-moi si je peux la poser sur ton dos, regarde cette main et dis-moi si je peux la poser sur ta tête ou y serrer la tienne pour le salut du jour sans que tu penses aux coups, au sexe ou à la mort – que je porte avec moi mais pour d'autres usages où tu n'entreras pas ? Le temps et les pères passent, c'est notre seul chemin, prenons-le sans trembler ou ne viens plus ici que quand je serai loin.

La maison de calcaire est une maison de musique, quand ce n'est pas le vent c'est Purcell ou Mozart, Caldara ou Mahler qui la parcourent et jouent de ses voûtes arrondies, de ses volumes égaux. C'est un répertoire qu'Adrien connaît, son éducation de jeune bourgeois l'a mené dans ces parages ; ce beau garçon que l'on donne perdant, inculte et abruti de drogue a des années de conservatoire derrière lui, une bonne maîtrise de la viole de gambe et du chant, ce qui m'impressionne excessivement, moi qui suis incapable de déchiffrer deux notes. Un de nos plaisirs simples consiste, après nous être administré chacun un joint à vous clouer au sol – consommateur, lui régulier, moi occasionnel, le haschisch est une pierre angulaire du drôle de lien qui nous unit –, à écouter la musique vocale de Purcell, avec une prédilection pour le répertoire de haute-contre qui, faisant descendre sur nos épaules cette paix qui si souvent se dérobe, enchante le monde où nous sommes le temps qu'elle résonne, célèbre, de toutes les facettes de son étonnant génie, l'élégance, la promesse, les plaisirs et la joie, l'exquise tenue même des mourants, des vaincus, des rois déchus. *One charming night gives more delight / than a hundred lucky days...* La voix déroule sur un motif charmant mille volutes étoilées qui me font regretter de ne savoir chanter pour disparaître ainsi dans la pure tension de la note et des modulations, dans l'éther, dans les cieux. J'ignore ce qu'Adrien, dont la plupart des compagnons habituels doivent penser qu'il s'agit là d'une musique de pédés, éprouve à cette écoute, mais son visage s'apaise et son corps se délie, effet conjugué du haschisch et de la musique, de ma présence peut-être, magie du sablier, enfin, qui rehausse de loin notre ardeur de vivants. Je suis, je crois, amoureux d'Adrien, intensément, quand il est sous mes yeux, sous mon toit – pas à d'autres moments. C'est un plaisir brutal et sans issue que de glisser ainsi, deux ou trois fois par an, dans un attachement formel et sans accomplissement, qui m'est précieux en ce qu'il m'aide à supporter ce qui partout ailleurs me taraude et m'épuise.

Le sais-tu, Adrien, que, bien davantage encore qu'Andreas, tu pourrais faire de moi tout ce que tu voudrais ? Mais : tu as ce corps de saint, blessé, que je ne toucherai pas, l'autre un corps de bourreau, ramassé, disparate, absorbant, tandis qu'en tes drapés de muscles on se reflète, et la souffrance avec, te laissant, intouchable, au-dedans du lacis, serré, de tes errances, et seul. Comment poser la main sur ta blessure ?

8.
Peindre ceux qui sont nus

Au registre des initiatives touristiques que je prends de temps à autre, je dois inscrire une visite à Rome, où je n'ai aucun compte historique à solder. Le fascisme, on le sait, pour n'avoir pas été une sinécure n'est pas le nazisme, et je ne vois rien dans les longues déchirures du siècle passé qui ait été de nature à nourrir un contentieux particulier avec l'Italie. J'ai, de plus, toujours eu l'impression que la littérature et le cinéma italiens de la seconde moitié du siècle dernier avaient très courageusement pris en charge une réflexion collective multiforme sur l'histoire, allégeant par là même singulièrement notre travail. Sans compter qu'on a toujours, dans ma famille où couraient encore mécaniquement quelques réflexes anti-allemands, considéré l'Italie comme *de tout temps le lieu de l'art,* d'une part, et les ouvriers italiens de l'entre-deux-guerres immigrés chez nous comme des gens dignes de notre respect, d'autre part et dans un autre ordre d'idées. À cela s'est pour moi rapidement ajouté, dès mon premier séjour, un goût immodéré des garçons bruns nonchalants qui sillonnaient les rues, sourire aux lèvres, tout juste descendus des cieux de la peinture.

Poser la main sur des corps italiens est toujours la promesse d'une plongée vertigineuse dans l'Histoire – pas celle des conflits, de l'ombre et des questions restées en suspens, mais dans le courant chaud qui irrigue les terres, les villes et les rivages des hommes que nous sommes, celle qui, surgie des ruines étrusques, grecques et bientôt romaines, court jusqu'aux boucles brunes qu'entre mes doigts je roule après s'être gonflée de vingt siècles d'espoirs, de vingt siècles de drames, puissamment rassemblés en un déluge d'art qui unifie le temps, les peines et les joies et continue longtemps à nous transfigurer.

Massimo, le premier de mes amants italiens, qui m'avait attrapé dans une rue de Rome et conduit sûrement dans la nuit tiède pour abriter une étreinte rapide, inoubliable, j'ai encore sur mes lèvres, à trente ans de distance, la tiédeur de ta peau et le goût de ta langue, et sur un rayonnage dans la maison de pierre le livre dont, haletant et heureux, tu m'avais fait cadeau en souvenir de toi, de Rome et du jeu de nos peaux, le lendemain, sur le quai de la *stazione Termini* d'où je t'avais dit, en te quittant au petit jour, que je devais, le soir, partir revoir Paris. Tu avais cet écartement des yeux que l'on voit au visage du *giovane gentiluomo nel suo studio* de Lorenzo Lotto, c'est pour cela sans doute que tu es à ce point présent à ma mémoire, c'est pour cela sûrement que j'y reviens toujours, chercher dans les ruelles ces traces de peinture qui hantent les visages, car il n'est au fond pas d'énigme, de l'histoire et des hommes, qui ne soit résolue dans le geste de l'art. Et pourtant, si j'y songe aujourd'hui, l'Italie de ces années-là était plongée dans un conflit interne d'une extrême complexité, les fameuses « années de plomb » (dénomination d'origine allemande, soit dit en passant, reprise du titre d'un film de Margarete von Trotta sur les dérives de la mouvance Fraction Armée Rouge, désormais unanimement utilisée en référence aux années soixante-dix italiennes), dont la simultanéité avec mon insouciant séjour ne m'a jamais effleuré, alors que j'étais parfaitement informé de ce qui se passait. Mais il faut parfois du temps pour mettre deux choses en rapport l'une avec l'autre, et plus encore que du temps pour voir à peu près clair dans une série d'événements souvent confus, énigmatiques, bouleversants qui sur le moment forment une séquence parfaitement impénétrable, *a fortiori* aux yeux d'un profane étranger d'à peine vingt ans.

J'ai, lors de ce récent séjour, visité les grands Caravage qui résident à Rome (on aura depuis longtemps compris, je l'espère, le caractère obsessionnel de quelques-unes de mes préoccupations), où œuvrent face à face le travail de la grâce et de la mise à mort, et quelques gars du cru qui ne m'ont pas fâché. Je n'ai rien dit de ce voyage à ceux de mes amis qui pensent que je n'aime pas la peinture et à ceux qui estiment que je devrais me trouver un gentil garçon pour me fixer – et ce ne sont pas nécessairement les mêmes.

Car la mise à mort est un travail, un travail de chien. Il y faut un assassin, ou un bourreau, la chair pèse son poids, os et muscles ne s'entaillent, se percent et se vident pas aussi aisément que le laissent entendre les sentences ou les histoires pieuses, comme celle qui fait mourir saint Matthieu sur les marches de l'autel d'une église de la lointaine Naddaver, cité d'Éthiopie où il venait de célébrer la messe et de faire l'éloge de la virginité devant un roi désireux d'épouser sa nièce, lequel au saint dépêcha quelques sbires pour en finir avec de tels sermons.

Le Martyre de saint Matthieu à Saint-Louis-des-Français fait la part belle à l'assassin, central, rayonnant, poignard dans la main droite, penché sur sa victime qu'il tient par la main gauche, auquel il est relié du geste et du regard, et, surtout, presque nu. Comme sont presque nus les deux adolescents qui nous tournent le dos et contemplent la scène, à droite, et celui qui, à gauche, semble vouloir partir mais s'attarde un instant.

Que les anges soient nus, passe encore, mais les hommes ?

Peindre les bourreaux nus, c'est porter à nos sens la fine perception de ce qui noue serré le désir et la mort, l'infime instant de joie qui vise à l'accepter avant de disparaître, c'est inscrire sur la toile l'instant de notre mort – comme à Malte où, au sol, le saint palpite encore quand le bourreau attend.

Peindre les témoins nus, c'est dire où sont les anges et que nous n'avons rien d'autre à faire ici-bas que célébrer le monde. Ah, serrer Adrien dans mes bras assouplis et l'amener ici voir jaillir le prodige des murs de cette chapelle…

Si le travail de la mort est vertical, celui de la grâce, dans la chapelle Contarelli, est horizontal. Face au travail de chien de l'assassin, à la peine, au labeur, à la gloire que son corps forme en déchirant l'ombre, une sorte de tranquillité domestique et paisible baigne le bureau de péage où Matthieu accomplit sa tâche quotidienne. Et c'est la belle lumière de l'étonnement que *La Vocation de saint Matthieu* peint sur le visage du percepteur, venue de Pierre, du Christ et des nuées hors champ, ou du récit de Marc, simple comme un bon jour : « En passant, il vit Lévi, le fils d'Alphée, assis au bureau des taxes. Il lui dit : "Suis-moi." Il se leva et le suivit » (Marc 2, 14).

On aurait suivi à moins un Christ d'une telle beauté, promesse que l'on distingue à peine.

Qu'y avait-il au creux de ces regards que le peintre parvint à saisir, dans le choix des postures, dans l'ombre des modèles et qui m'est redonné, intact, éblouissant, à plus de quatre cents ans de distance ? De quelle liberté inouïe s'est-il nourri que je la sente encore à l'œuvre sur la toile où les horizons s'ouvrent ? Est-ce là le tournoiement infini de la grâce ? Celui-là dont il est assurément question dans *La Conversion de saint Paul,* à Santa Maria del Popolo, où il atteint un degré tel qu'il a mis Paul à terre, laissant son cheval libre envahir tout l'espace ? Celui-là même que je n'atteindrai pas ?

J'aurais de même suivi ce Paul à la renverse, jusqu'à Damas, Éphèse, Corinthe, Thessalonique, pour que me fût donné loisir de contempler cette beauté solide de jeune homme sidéré, ces bras charnus, ce cou où s'arriment les muscles plongeant à la poitrine qu'on lui voit au mur droit de la chapelle, à Rome, où son cheval hésite, lève doucement le sabot, l'évite et va bientôt aller paître plus loin, où je me tiens caché. Caravage savait peindre aussi ceux qui vont l'amble.

Mais à Santa Maria del Popolo, la grâce donnée à Paul est verticale et la mort donnée à Pierre horizontale. Pas d'assassin dans cette *Crucifixion de saint Pierre,* pas de bourreau non plus puisque l'apôtre est déjà cloué, mais trois hommes de peine, trois tâcherons, chargés de dresser cette croix lourdement chargée, dont l'un a passé à son épaule une corde attachée à une extrémité de la croix, l'autre ses bras noueux sous le madrier où la corde s'attache, et le troisième son corps entier sous le bois chargé d'homme. Le saint, comme Jean-Baptiste à Malte, a un air de douloureux étonnement bien plus que de souffrance. Rien, ici, n'indique qu'on ait affaire à un violent supplice, mais bien plutôt à l'accomplissement d'un destin pour l'un, d'un travail pour les trois autres qui se seront rompu os et muscles à hisser ce martyre pour un salaire qu'on devine de misère, auront sué sang et eau pour que la mort advienne, qui est plus souvent qu'on ne pense chose longue à venir, et lente, et peu aimable.

Comment fait-on cela, crucifier, enchaîner, battre, déconsidérer, mettre en joue, achever, torturer, agonir, quelle ressource trouver pour porter la violence au beau milieu du corps et la laisser œuvrer ? Le siècle où nous vivons y tient-il sa partie ou puisons-nous au fond d'un trésor vénéneux ? Andreas, le mystère de ton corps de bourreau quand en moi tu remues, et le secret que j'y oppose…

9.
Laisser pour morts les prisonniers

Ce qui s'est passé, en Allemagne, entre 1942 et 1945, a une dimension qui, comme l'inconscient, ignore tout du temps, et reste en travers de la gorge. Je n'ajouterai rien, là non plus, à tout ce qui s'est dit et qui parfois recouvre les actes et les lieux. Ce n'est pas mon travail. Cependant, comme tout un chacun, l'expérience de l'impensable me laisse ce goût amer, m'oblige à revenir rôder dans ces parages, à toujours de nouveau espérer y comprendre quelque chose, fût-ce une toute petite chose. Mais rien.

J'ai longtemps biaisé, pris des chemins de traverse. Jusqu'à ma décision d'aller voir de quoi il retourne en Allemagne, ce qui, on l'a vu, consiste pour moi à occuper précisément la place que l'opprobre français a voulu occulter une fois la paix venue, celle de celui qui couche. Et pas seulement avec Andreas, comme on verra. Les chemins de traverse, c'était m'intéresser au déroulement de la conférence de Wannsee, par exemple, ou aux agissements des honnêtes gens, vous et moi nos voisins nos amis nos frères et nos compagnes, qui, bien avant 42, bien avant Wannsee, bien avant l'organisation, c'est-à-dire dès 33, dans les rues des cités allemandes, grandes et petites, humiliaient et frappaient, en plein jour, en pleine quiétude, ces autres qui traînaient là et soudain n'étaient déjà plus des humains comme nous autres, même s'ils n'étaient pas encore ces corps déstructurés qu'on déblaierait plus tard à coups de bulldozer pour enfouir sous la terre et soustraire à la vue, quand tout serait fini, ces sacs d'os et d'organes qui, en réalité, sont des restes humains. Et leurs fosses communes autant de reliquaires.

Impossible de poser la main sur de tels corps, d'où nous sommes et *a fortiori* d'où étaient ceux qui les découvrirent. Mais, les gestes de leurs bourreaux ? Comment plie-t-on le corps aux volontés politiques d'anéantissement, leur fait-on atteindre ces étiages insensés où mènent la faim, le mépris, les insultes, la liquidation programmée, un jour, au bord d'un lac ? L'art ne dit rien de l'instant de ces morts, ni l'art qui peint la mort à l'œuvre, ni celui qui l'écrit, l'art face à l'impensable fait comme les autres, il « impense » et contourne.

Je suppose que c'est la raison pour laquelle l'Allemagne nous a donné quelques artistes majeurs, tous nés à quelques encâblures du grand cauchemar : par exemple Rainer Werner Fassbinder, Winfried Georg Sebald, Anselm Kieffer, Pina Bausch, dont le travail a pour l'essentiel consisté à gratter la terre enduite de suie, de cendre et de décombres qui les avait vus naître (au sens propre du terme dans le cas d'Anselm Kieffer qui ne cesse de travailler ces matières grises et rouille, métalliques, pierreuses, poudreuses, visqueuses pour mettre dans ses toiles un peu de cet air d'*après* la catastrophe où le silence règne), pour y trouver ces corps brisés et vides d'âme dont *il faut bien que quelqu'un, un jour, s'occupe,* si nous ne voulons pas tous y laisser nos peaux, même un siècle plus tard. Dans le corps d'Andreas gisent les guerriers de 14, je le sais, je les ai entendus murmurer, je les ai vus pâlir au fil de nos étreintes, mais les morts de 40 défilent en silence et dans le plein d'Andreas je ne peux rien saisir de ce qui fit leur vie, leur combat et leur mort. À cause de l'impensable, qui n'est pas transmissible, donc pas héritable. C'est pourquoi mon amant allemand Andreas de Cologne ne dira rien de ça quand son torse et ses cuisses, ses épaules et ses reins sont si prolixes sur la guerre, les combats, l'affrontement des corps dans la boue amoureuse, même si ses grands-parents étaient nazis bon teint, ce qui est ici toujours possible.

La femme arrive du fond de la scène, elle est vêtue d'une sorte d'imperméable un peu trop grand, ceinturé à la taille, dans lequel elle frissonne. Elle s'arrête au bord du plateau. C'est de *Kontakthof* qu'il s'agit, *eine stück von* Pina Bausch de 1978. Les haut-parleurs dévident une petite musique plutôt suave, un brin nostalgique, qui renvoie aux bals où nos parents dansèrent, mais la femme semble éteinte. Un danseur à chemise blanche et veste noire, impeccable, surgit de la coulisse côté jardin et vient caresser l'oreille de la femme, qui ne cille pas, tandis qu'un autre venu du côté cour vient lui toucher le nez, un troisième les cheveux. Autour d'elle ils tournent et leurs mains virevoltent puis sur ses mains se posent, sur ses épaules ensuite. Et la musique va son train de nostalgie. Et sans qu'on sache comment les hommes à présent sont au nombre de six, qui lui caressent le cou, remuent le bas de sa robe, effleurent ses chevilles, et repartent à l'assaut des oreilles et du nez, des cheveux et des mains, la femme est immobile et la tristesse perle de ce qui reste en elle de désirs harassés. Désormais ils sont huit, puis neuf, puis dix encore à lui voler autour, à toucher puis heurter et finalement tordre ce qui sort de l'imper et signale une femme, à lui voler d'un geste ce qui fait d'elle un corps, humain et désirable, et puis ils s'en saisissent quand il ne reste rien, dans l'imper où ils tremblent, qu'une série de membres qu'un fil relie encore, ils la soulèvent et dansent, la secouent comme un drap mais il n'en tombe rien. Combien sont-ils alors, on dirait une foule, seule la suavité de la rengaine persiste, ils peuvent la gifler, ou la déshonorer, cela n'ajoutera rien à la dépossession à laquelle on assiste, glacé très en dedans et le cœur sur les lèvres : comment poser la main sur l'autre qu'on désire, pour l'aimer, le baiser, le torturer, le tuer ? comment penser les blessures qu'on inflige ? comment laisser pour mort et s'en aller tranquille ? Il me semble que la danseuse qui a créé ce rôle dit quelque part combien cette scène était humainement éprouvante, combien elle avait le sentiment d'être flétrie, salie, violée, chaque fois qu'elle en sortait, ce qui semble inévitable quand on n'y va pas, comme n'y allaient pas les pièces du Tanztheater de Wuppertal de ces années-là, par quatre chemins. Et si elle ne le dit pas, le visage de la jeune fille qui a repris ce rôle dans une version pour adolescents de plus de quatorze ans que Pina Bausch a montée trente ans plus tard l'exprime si bien, au détour de quelques plans des *Rêves dansants,* documentaire d'Anne Linsel et Rainer Hoffmann consacré à cette reprise, qu'on en reste aussi bouleversé que si on avait assisté, dans la rue, à une agression sans rien pouvoir y faire…

Cette même année 1978, Pina Bausch a aussi donné *Café Müller,* qui est comme le versant intimiste de *Kontakthof,* l'envers secret de la même blessure, où se déroule un rituel similaire, réduit à trois personnages, et comme suspendu avant l'outrage, son écho ou ses prémices, on ne sait, sous la forme infiniment répétée d'une étreinte imposée à un couple par un tiers qui modèle, façonne, sculpte dirait-on leurs gestes pour qu'ils s'enlacent et s'aiment. En vain, dès qu'il s'éloigne la femme retombe au sol et l'homme s'affaisse sur lui-même, tous deux vidés de leur vitalité, et le long travail de l'amour est à remettre sur le métier du corps.

Mais les chemins de traverse n'enseignent pas grand-chose quand on n'a pas trouvé ce qu'on cherchait. Wannsee, par exemple, où j'ai fait halte en rentrant du palais Sanssouci de Potsdam, est une paisible banlieue noyée dans la verdure et l'eau, où des jeunes gens bien mis et de charmantes vieilles dames vaquent en souriant, échangeant de calmes propos pleins de civilité, comme s'il ne s'était rien passé là d'inquiétant, ni le suicide d'Heinrich von Kleist et sa compagne en octobre 1810, ni la conférence qui réunit le 20 janvier 1942 une quinzaine de représentants des SS, des ministères et du parti nazi pour régler en à peine deux heures quelques détails pratiques relatifs à la mise en œuvre de la solution finale. Il n'y a rien à voir à Wannsee, les gens ont raison d'y vivre normalement…

10.
Donner à boire à ceux qui ont soif

C'est un chemin d'Allemagne qui s'ouvre devant moi. Comment mettre mes pas dans les pas de ce peuple sans l'hésitation que l'Histoire inspire, mais avec toute l'humilité de qui ignore à peu près tout de son considérable apport à la pensée, aux arts, à la beauté – et avant tout sa langue? À Berlin, avec Andreas, je prends des habitudes. Pour ce deuxième séjour commun, nous sommes logés sur la Viktoria-Luise-Platz, à Schöneberg, en plein cœur du quartier gay « historique » de la ville. Nous ne consommons pas de haschisch mais des hommes, ensemble. Non que nous nous soyons déjà lassés du corps de l'autre, mais par goût immodéré de cette possibilité inouïe qui nous est offerte de n'affronter les autres que dans la joute amoureuse, paisible et dégagée des enjeux fiévreux qui si longtemps dévièrent de leurs envies nombre de nos prédécesseurs. Berlin offre une scène homosexuelle riche, diverse, extrêmement décontractée et moins narcissique que d'autres, à l'image de la ville elle-même qui n'a pas la densité morose de Paris ou hautaine de Londres. Elle l'avait déjà fait, dans les années vingt, avant que les nazis, encore eux, n'y mettent, si j'ose dire, bon ordre. De cela, à Berlin même, deux « monuments » témoignent, l'un au Tiergarten, qui célèbre la mémoire des homosexuels persécutés par le régime national-socialiste, l'autre sur la Nollendorfplatz, à l'orée de Schöneberg, qui porte la mémoire du triangle rose dont ils nous affublèrent avant de nous laisser morts, ou pour morts, ce qui, je l'ai dit, revient au même, d'autant que l'intention de la donner est en l'occurrence avérée. *Der rosa Winkel.*

Dieter est le deuxième corps allemand sur lequel j'ai posé la main, guidé par Andreas. Nous avons trouvé Dieter dans une cabine modestement éclairée d'un sex club de Prenzlauer Berg, il était à peine minuit, personne n'était ivre. Il était agenouillé dans un coin, dos au mur, tête baissée, à peine vêtu. Il émanait de sa pose et de la faible lumière qui éclairait la scène quelque chose de pictural, terriblement abandonné et puissamment désirable. Nous nous sommes regardés, Andreas et moi, arrêtés devant la porte de la cabine. Dieter a levé la tête, nous a fait signe d'entrer. J'ai refermé derrière nous, et la cérémonie a commencé. À ma gauche Andreas, plus bourreau de saint Jean-Baptiste que jamais dans cette pénombre, ramassé, soudain assombri, concentré. Devant nous, déjà à genoux, donc, tête penchée baissée, joignant ses deux mains dans son dos comme si nous allions l'attacher, Dieter, cheveux mi-longs, légère barbe blonde, tenait pour le visage du saint Jean de *La Mise au tombeau* qui est au Vatican, et pour le corps du Christ du *Couronnement d'épines* qui est à Vienne. Pour la cérémonie, qui allait davantage tenir de la flagellation, la modestie du lieu, son exiguïté, son extrême fonctionnalité, étaient, elles aussi, cohérentes avec le prosaïsme sacré du Caravage.

Nous offrîmes pour commencer à Dieter de quoi étancher sa soif, apparemment brûlante, de sexe, auxquels il se désaltéra longuement. Puis il ôta ce qui lui restait de vêtements, regagna l'angle de la cabine où il se tenait au commencement, et nous demanda de lui interdire de nous toucher, y compris par la force. Andreas traduisit, j'avais à peu près compris. Alors débuta le curieux manège de Dieter qui, toujours à genoux et mains derrière le dos, tentait en se contorsionnant de revenir puiser aux sources de nos corps qui frôlaient son visage et s'en voyait interdire l'accès par un refus très sec jailli des lèvres d'Andreas, par un geste très sec, aussi, par lequel, faute de lui formuler oralement mon refus, je replaçais sa tête au coin de la cabine. Entrer dans la cérémonie n'avait pas été difficile, la servir ne l'était pas non plus, il me fallait seulement veiller à ne pas me laisser entraîner par des pensées trop vives. Car insensiblement, comme une énergie qui se libère, le jeu se tendit, la tension monta, et chacun d'entre nous ne fut plus attentif à rien d'autre qu'aux autres, à la cadence aiguë qui déchirait nos reins, à la logique interne des mécanismes denses auxquels nous confronter jusqu'au point de bascule où la pensée s'efface…

Le *noli me tangere* que Dieter voulait qu'on lui opposât fermement était un préambule. Andreas prit bientôt les devants ; j'étais son officiant, ne parlant pas la langue. Il quitta son teeshirt, entrava les mains de Dieter derrière son dos pour de bon, l'empoigna par la nuque et l'incita à parcourir soigneusement, et docilement, quelques fragments de mon corps mis gracieusement à sa disposition. À la moindre hésitation de Dieter, Andreas tirait sa tête en arrière, se penchait pour le gifler, l'embrasser à pleine bouche, et lui offrait encore mon corps à parcourir. Puis on changea, placé derrière Dieter je le mis au travail sur la queue d'Andreas, et elle seule, en jouant longuement, durement, de ses deux seins tendus. Puis Andreas quitta sa bouche, je replaçai Dieter dans son coin, à genoux, avec interdiction d'en bouger, formelle, et aussitôt traduite, et dans le coin opposé rejoignis Andreas qui m'enlaça longtemps comme si nous étions seuls. Lorsque nous nous tournâmes de nouveau vers Dieter, il était à point, et quasiment à terre suppliait Andreas qu'on voulût bien le foutre sur-le-champ, l'un en cul l'autre en bouche. Andreas ne traduisit même pas, du pied droit il plaqua Dieter au sol et m'invita enfin à donner au corps pâle étendu devant nous, frémissant et ouvert, de larges claques tendres, et sonores, et solides, qu'il accueillit en gémissant doucement, animal palpitant, soyeux et bouleversant. Après quoi on verrait à accéder à sa demande.

J'ai donc battu Dieter sous les yeux d'Andreas, et j'ai beaucoup aimé cela : l'attente brûlante de l'un, l'attention complice de l'autre, et entre les deux moi, cet usage de ma force très neuf et très aisé. Dieter était si beau dans le plaisir intense où il était plongé, Andreas si patient, et moi si appliqué qu'on nous aurait donné bon Dieu sans confession. Mais, le geste du bourreau quand il tuméfie l'âme, le corps et les organes de celui qu'il torture, le geste de l'assassin plongeant dans sa victime avant de l'effacer, le geste des cerveaux hagards et désertés quand ils laissent pour mort un Juif ou un zonard, un tzigane, un pédé ? Et le geste de l'homme envoyé à la guerre pour lâcher sa mitraille dans les entrailles d'en face ? Dieter s'est relevé et nous l'avons foutu comme il le demandait, puis nous avons changé de siège à mi-parcours. Entre nos cuisses œuvrait le très ancien désir de parvenir vivant dans les eaux du néant. Et j'ai envié Dieter d'être pour un moment arrivé à nos fins... *One charming night gives more delight / than a hundred lucky days.*

II.
Défigurer les morts

Après ce petit intermède berlinois, je suis rentré dans le calcaire où j'ai retrouvé Adrien qui s'était posé là depuis un ou deux jours, avec un compagnon de maraude arrivé par ici d'avant-hier en provenance de Turin et parlant un mauvais français exquis, Sandro. Ils désiraient pouvoir rester quelque temps, sans doute pour oublier ou se faire oublier, mais quoi ou de qui ? Je n'y voyais pas d'objection.

J'avais besoin de réfléchir. Dans *Edward Bond, Je ne suis pas un homme en colère,* le dramaturge anglais, filmé par Véronique Aubouy le 29 avril 2001 dans la cathédrale Saint-Jean de La Valette à Malte au pied de *La Décollation de saint Jean-Baptiste,* dit du Caravage que, comme tous les grands peintres, « il attache une grande importance aux mains » *(« He is very conscious of hands »),* et de ce tableau-là qu'il « est bien plus réel que la rue dans laquelle on retourne après l'avoir vu ». Il ajoute : « Et si on en était conscient, il y aurait moins de prisons. » Il n'est pas indifférent que ce sentiment très aigu de réel soit produit précisément par un des tableaux les plus irréels du Caravage, par une de ses lumières les plus irréelles, par cette représentation suspendue, ouatée, d'une exécution dans une cour de prison, dont Bond délaisse le prétexte biblique pour n'en garder que le versant civil, toujours aussi lisible que l'autre dans tous les sujets religieux traités par le peintre : « C'est un tableau qui nous met un peu au supplice parce qu'il en dit trop sur la souffrance et sur la bêtise crasse. »

Je regarde les mains d'Adrien qui roule un joint en silence, des mains fines tannées par le soleil et la rudesse des matériaux qu'il touche, et celles de Sandro, plus solides, pâles et moins abîmées – peut-être est-il à la rue depuis moins longtemps. Je repense à Dieter et à son abandon à ses impératifs, jeté à même le sol de cette cabine sale, à la puissance raisonnée d'Andreas. Je retourne le sablier, tire sur le joint qui circule et m'assieds en silence. J'ai besoin de repos pour savoir où est la violence, qu'en faire quand elle surgit (d'un geste, d'un tableau, d'un ordre, d'un sentiment, d'un désir), que faire dire, alors, à mon corps qui soit plus explicite que les mots, inutiles, comment en faire usage, le cas échéant.

Sandro aime la photographie, son seul trésor est un vieux Leica soigneusement protégé au fond de son sac de toile. Il a fauché dans une librairie de Turin avant de partir un gros volume intitulé *Decade,* pompeusement sous-titré *The definitive photographic history of the first decade of the 21st century.* Y sont rassemblés des clichés censément représentatifs de ce qui a caractérisé cette décennie sur les plans politique, économique, culturel. Sandro le consulte comme si c'était un livre d'histoire, ce dont je doute. D'une manière générale, je me méfie un peu de la photographie, sans doute parce que je n'ai aucun regret de mon enfance. Je feuillette quand même, la photographie d'« actualité » ayant, surtout dans un conditionnement pareil, une fonction un peu différente que d'entretenir cette nostalgie un brin narcissique que promeut discrètement la photo de famille ou souvenir – encore que. Soudain, à la date du 21 juillet 2003, une photo terrible et cette légende semblent jaillir du livre : *« The head of a Liberian rebel, a gruesome token of the brutal civil war, is paraded in Monrovia »* (« La tête d'un rebelle libérien, témoignage macabre d'une terrible guerre civile, exhibée à Monrovia »).

La mort est passée. La photo arrive après qui, contrairement à la peinture, ne suspend pas le temps mais le fixe. Je reste incrédule devant cette horreur pure, je me dis que sans corps la tête n'est pas crédible, que nous sommes donc passés au-delà de la représentation. J'ignore si l'homme qui brandit la tête est celui qui l'a tranchée, mais il la tient par les oreilles, à bout de bras, et ne tourne pas le visage du décapité vers les passants mais vers lui, comme s'il lui restait à se convaincre que son adversaire est bien mort (sans corps la tête n'est pas crédible), qu'il ne rouvrira pas les yeux derrière son dos. À moins que la tête ne passe de mains en mains pour l'édification de la population, laquelle pourtant semble en avoir vu d'autres. À moins… J'avoue une hésitation, mon système de références n'englobant pas ce genre de réalités ; j'en suis resté à la princesse de Lamballe. D'autant que le texte joint à la photo reste on ne peut plus vague sur les forces en présence : cette tête est-elle celle d'un parfait salaud, ou le parfait salaud est-il celui qui la brandit ? Et qui sont les salauds dans l'histoire, puisque *« both government and rebel forces committed gross human right abuses »* (« le gouvernement et les forces rebelles furent tous deux responsables de flagrantes atteintes aux droits de l'homme »), si l'on en croit le « livre d'histoire » ? « Rebelle » sonne sympathique, mais s'il est instrumentalisé par des bouchers, le son qu'il rend est moins juste…

En lisant Thucydide et sa *Guerre du Péloponnèse* voici quelques années, je m'étais dit que toute guerre était une guerre civile, ou plutôt que la matrice de la guerre était la guerre civile. Les guerres ne sont l'affaire des seuls militaires que depuis une ou deux décennies et seulement chez quelques privilégiés… Aujourd'hui je ne sais plus. Aurais-je pu montrer ainsi dans les rues la tête d'Andreas, ouvrir le corps de Dieter à la force du bras plutôt qu'à celle des reins, expédier *ad patres* Adrien, ses mains fines et sa grâce fragile, ou Sandro à qui je rends son livre ouvert à la page libérienne en échange du haschisch, qui n'en dit pas un mot parce qu'il y a longtemps qu'il s'est fait une raison, se remet à feuilleter, à fumer, à prendre ces tangentes qui sont souvent nos routes principales, depuis le temps que l'on dévie. Sandro est un garçon menu et brun qui cache son charme derrière des lunettes, des cheveux un peu longs et une réserve qui n'est pas seulement due à son français hésitant ; mais une fois qu'on l'a débusqué, difficile d'y rester insensible.

Aurais-je pu avoir mes amants pour ennemis ? L'empreinte de l'époque où nous sommes est telle qu'un rien – une déclaration de guerre, un traité de paix, une épidémie, une percée scientifique, la découverte des Indes, la naissance de Descartes –, dont on ignore la portée à long terme, brise les perspectives, fait d'un allié un traître, d'un agresseur un ami, d'un agneau un psychopathe, que sais-je encore. *« He is very conscious of hands. »* Ce sont nos mains qui agissent, frappent, caressent, tuent, percent, ouvrent, referment, pansent, qui donnent la mort ou la jouissance que nos cerveaux décident. Mais les cerveaux d'Adrien et Sandro, dont les mains sous les voûtes de calcaire se détendent et, fluides et lasses, officient dans le calme aux rituels de la nourriture, de la lecture et de la drogue, du plaisir sans doute aussi, ne décident de rien sinon à la marge. Les conditions que l'on trouve, le jeu qui nous est distribué indiquent souvent clairement, sinon les possibilités, du moins les interdits, après cela on adapte. Je doute que ces deux garçons aient « choisi » la marginalité qui fait aujourd'hui leur quotidien et souvent leur fierté, pas plus que je n'ai « choisi » d'aimer les hommes. Mais voilà, quand on a ça dans les pattes autant s'en débrouiller. Et je suppose que si j'avais eu vingt ans dans les faubourgs de Monrovia au pire des exactions commises par les sbires de Charles Taylor (lequel, après avoir mis le Liberia puis la Sierra Leone à feu et à sang, est aujourd'hui condamné pour crimes contre l'humanité comprenant massacres, viols, esclavage sexuel, conscription d'enfants – données qui jettent une ombre sur le *« both government and rebel forces »* du commentaire), j'aurais sans sourciller brandi comme un trophée la tête d'un de ces assassins – à moins qu'enrôlé dans les troupes du président élu ce ne soit celle d'un de ses opposants. Et si j'avais été le rejeton pourri d'une famille de cathos réacs et bien pensants, aurais-je pris, comme disait l'autre en chevrotant doucement, « la voie de la collaboration », fini par tabasser, à les laisser pour morts, les Adrien et les Sandro d'alors qui n'eussent pas manqué d'être des résistants, au lieu de les aimer comme ce soir je les aime, tout voilés de haschisch, de calcaire et de calme, noyés dans la musique, à portée de mes mains qui ne toucheront pas leurs corps abandonnés à la douceur comme ils eussent pu l'être aux coups et à la mort au fond de la prison où les aurait jetés mon dévouement sans fin aux ordres les plus abjects ?

Que faire de tous ces morts, où vivre, comment s'aimer ? Les délices que la cour d'Angleterre offrait aux plus aisés, aux bien nés, sous les traits des subtilités purcelliennes qui résonnent sous les voûtes, sont loin derrière nous à qui échoit une époque opaque que l'Histoire verra peut-être un jour comme un temps de marais où les hommes s'embourbent mais qu'ils doivent traverser en s'aidant de l'idée qu'un jour ça ira mieux, même pour d'autres qu'eux. En 1683, dans son *Ode for St Cecilia's Day,* Purcell met en musique un poème d'un dénommé Christopher Fishburn dont la délicatesse et l'optimisme, finement ciselés par une partition démoniaque de simplicité où la voix s'appuie sur les cordes pincées du clavecin, caressées des violons, et s'envole, met les larmes aux yeux : *« Here the deities approve / the god of music and of love ; / all the talents they have lent you, / all the blessings they have sent you ; / pleased to see what they bestow, / live and thrive so well below »* (« Ici, les divinités apprécient / le dieu de la musique et celui de l'amour, / tous les talents qu'elles t'ont prêtés / et toutes les bénédictions qu'elles t'ont accordées, / heureuses de voir que leurs bienfaits, / vivent et prospèrent si bien sur la terre »). Cette époque-là n'avait pas que des dehors aimables, mais qu'avons-nous composé à l'heure des tueries libériennes ?

Nous avons dîné sommairement, dehors, en regardant le grand plateau sombrer dans l'ombre, la musique qui célèbre la patronne des musiciens et rythma le règne de Charles II s'est tue, nous sommes restés dans le silence. Puis Adrien a préparé trois minces cigarettes d'herbe pure, et nous avons fumé chacun la nôtre en finissant un peu de vin doux. J'ai très vite été dans l'état où nous plonge l'arrivée d'un évanouissement mais sans qu'il s'accomplisse, c'est-à-dire dans un grand vertige, une intense langueur. Incapable de rester assis, je suis allé m'allonger dans le hamac installé là l'été, entre deux frênes, pour le repos du corps. Adrien et Sandro ont débarrassé la table, j'ignore où ils puisaient la force de rester debout, sans doute dans leur jeunesse. La suite est incertaine. J'avais, c'est le moins qu'on puisse dire, l'esprit flottant, je pensais à ces membres que l'on détache du corps, qu'on jette ou qu'on enterre, qu'on exhibe, qu'on salit, je fabriquais un collier de perles macabres avec saint Jean-Baptiste, le rebelle libérien, la princesse de Lamballe, et çà et là les mains que l'on coupe aux voleurs quand la loi le prescrit ou pour passer le temps quand on ne mesure plus ce qu'on gagne à aimer, ce qu'on perd à haïr. *« He is very conscious of hands. »* Un certain temps a dû passer, pendant lequel tout a continué partout dans le très vaste monde. C'est le mouvement qu'a fait Sandro en s'allongeant sur moi qui m'a extrait de la rêverie où m'avait plongé l'herbe, son dos sur ma poitrine, ses jambes dans le vide, de chaque côté du hamac, sa tête entre mon cou et ma clavicule gauche, comme si de rien n'était. Il était largement aussi défoncé que moi, peut-être ai-je rêvé. Pourtant la lune m'a semblé à l'aplomb des deux frênes, il devait être tard, il faisait encore doux. J'ai lentement ôté sa chemise à Sandro et posé mes mains tièdes sur son torse paisible, pris la mesure de ce menu garçon parfait, confiant, abandonné au mouvement de mes doigts aussi précis, ce soir, que l'eût été ma bouche si l'herbe et le hamac m'eussent permis d'en user. Il m'a laissé faire sans broncher mais sans rien entreprendre, de son côté, qui pourrait laisser croire… Je connais ce biais-là : donne-moi du plaisir, ainsi tu en prendras qui ne me coûtera pas mon honneur de jeune mâle. Je n'ai pas d'objection, j'aime donner du plaisir, et celui que Sandro prit un moment plus tard que ma main recueillit sans que nous ayons plus bougé que feuille au vent semblait venir de loin, du tréfonds de lui-même où il était enfoui, prisonnier des tensions du jour et de la vie, des remords de l'enfance, conclu en un soupir saccadé, arraché aux sources de son ventre, qui dilata son torse et me gagna soudain, chassant l'ombre des morts et les pantins guerriers. Mais avons-nous rêvé ? Le hamac et le vent, les frênes et la lune, l'herbe dans le papier, le foutre sur mes doigts, et tout autour de nous le monde tenant en joue le secret de nos gestes… Comment poser la main sur un sexe tendu, sur un cou à trancher, sur un cadavre frais, sans trembler d'émotion, de peur ou de tension, sans être *hors de soi* – et où va-t-on alors ?

12.
Battre les prisonniers

C'est la fraîcheur de l'aube qui m'a réveillé, seul entre les deux frênes. J'ai fait du café, les deux garçons dormaient et dormiraient sans doute jusqu'au bout du matin. Des restes d'étourdissement interrompaient encore de temps à autre le fil de mes pensées et celui de mes gestes. J'étais à peu près sûr de n'avoir pas rêvé, dans le hamac, la chair ni la jouissance presque désespérée du Turinois maintenant endormi, et je savais aussi qu'entre nous de ce rêve partagé il ne serait jamais question – et d'ailleurs, peut-être lui et moi avions-nous, chacun de son côté, rêvé au même instant cette étreinte silencieuse de fumeurs de haschisch, et garderions-nous ces figures de la nuit surgies de nos désirs et des inhibitions que la fumée libère pour notre seul usage, pour les jours où les cieux se feront moins propices.

La guerre dite du Péloponnèse, qui a déchiré la Grèce de 431 à 404, vit s'affronter Sparte et Athènes, c'est-à-dire des Grecs et des Grecs. L'implacable récit qu'en fit Thucydide hisse ce long conflit au rang d'exemple tant on y trouve de figures appelées à se répéter mécaniquement, les mêmes causes produisant les mêmes effets, au long des siècles et jusqu'à aujourd'hui. Tout ou presque est toujours déjà là, en tout cas tout ou presque était déjà en Grèce. Je retrouve en feuilletant ce qui, pour le coup, est un livre d'Histoire, sans images, cet épisode mineur qui prit place à Corcyre (Corfou) en 425 et se termina par un massacre. Une partie des Corcyréens s'étaient rendus maîtres de la campagne et s'opposaient aux démocrates restés en ville. Ces derniers, avec l'aide des Athéniens, défirent les opposants et les emprisonnèrent. Thucydide (IV, I, 47-48) : « Une fois maîtres des prisonniers, les Corcyréens les enfermèrent dans un grand édifice, d'où ils les firent sortir par groupes de vingt. Enchaînés les uns aux autres, ceux-ci durent avancer entre deux haies d'*hoplites* [soldats d'infanterie]. Chaque fois qu'un soldat voyait passer devant lui un ennemi personnel, il l'accablait de coups et de blessures. Des hommes avec des fouets avançaient aux côtés des prisonniers pour forcer ceux qui marchaient trop lentement à presser l'allure. […] Une soixantaine d'hommes furent ainsi extraits de leur prison et massacrés […]. » Le reste crescendo jusqu'à extinction complète des « rebelles » par assassinat, suicide ou mise en esclavage. Pour peu qu'on y prête attention, Thucydide rend lisible la stratification complexe des forces en présence qui toutes concourent à semer le désastre. Un premier niveau de conflit oppose Sparte à Athènes. Puis, par le jeu très complexe des alliances politiques, ethniques, linguistiques, une myriade de cités s'opposent à leur tour les unes aux autres (mécanisme de la tache d'huile). Enfin, dans le cas d'espèce, certaines d'entre elles sont amenées à liquider quelques conflits internes à l'aide de leurs alliés. Vingt-sept ans de ce régime ont mené l'invincible Athènes à sa perte et entraîné de très nombreux massacres de ce genre, à Mycalessos, Ambrakia, Syracuse…

L'intouchable Adrien me rejoint au soleil, je délaisse la Grèce et ses cadavres pour le plateau calcaire et son délicat visiteur qui, de toute évidence, a encore passé la nuit à batailler ferme et s'assoit sans un mot. Ce que je pourrais dire, Adrien, pour atténuer ces ombres qui planent sur tes nuits, ce que je pourrais faire ? T'aimer, mais cela ne suffit pas, ne jamais poser la main sur ton corps hâlé, aux aguets, tailladé, mais cela ne suffit pas non plus. L'effort surhumain, consenti, que je dois faire sur moi-même pour ne pas me saisir de toi à n'importe quelle heure, du jour comme de la nuit, pour ne pas obéir au désir insistant qui me lance vers toi que je voudrais aimer, protéger et soumettre, auquel je voudrais rendre mes armes et mes hommages, n'achètera jamais rien qui te rendrait heureux, chasserait les fantômes, t'inviterait enfin à poursuivre ta route sans te soucier de tout ce qui jusqu'à présent t'a rivé à l'asphalte et aux empêchements. Alors que tu es fait pour le ciel, Adrien, pour l'envol. Je nourris le prisonnier des ombres de café et de pain, nous parlons et fumons, la journée sera chaude. Il me dit qu'un matin pareil à celui-ci son père sous ses yeux s'est jeté par la fenêtre, il reprend du café. Je roule le premier joint de la belle matinée. S'est jeté nu par la fenêtre. C'est le détail qui dans la scène fait sens, puis choc, bientôt regret : avoir vu, pour la première fois et en même temps, son père et mort et nu. Il ne lui a jamais pardonné. Je lui dis de ne pas s'encombrer de cela : les pères sont impardonnables, et comme la plupart sont quand même pardonnés par la bonté des fils, on peut bien en laisser deux ou trois sur la route à mâcher leur dépit. Puis il descend en ville, il a un démêlé à régler avec la gendarmerie locale, il remontera du pain et laisse Sandro dormir. Pourquoi m'a-t-il été si aisé de faire jouir Sandro sous les étoiles et ne puis-je pas passer ma main sur la tête d'Adrien qui s'éloigne doucement ?

Adrien, enfant, passant sous les fourches caudines de l'exaltation paternelle qui laissait à son dos ces marques horizontales qui ne s'effaceraient pas, enfant, passant le dos à nu devant l'autorité, enfant, prenant ces coups de lanière effilée, sans un mot, sans un cri, enfant, ravalant son mépris pour cette autorité qu'il trouverait défaite, quelques semaines plus tard, par le poids terrassant d'une difficulté à vivre anesthésiante, enfant, condamné à servir d'exutoire à une peine où il n'entrait en rien, ni en bien ni en mal, sinon en existant, enfant, passant enfin devant le père mort-nu, puis passant son chemin, Adrien s'éloignant et descendant en ville, Adrien si menu et si beau au creux de ma main nue refermée dans ma poche.

Puis Sandro s'est levé et, comme prévu, nous n'avons pas parlé du rêve partagé sur le hamac, vaquant chacun à nos pensées. J'ai posé ma main sur le corps d'Andreas, pétri d'expectative et de tension, sur le corps de Dieter, plein de force et d'attention à son désir, sur Sandro, à sa disposition, sur tant d'autres encore, mais, la main du bourreau ou celle de l'assassin je ne l'ai jamais levée sur personne. Et si j'avais à le faire, s'abattrait-elle sans hésiter sur le corps désigné à la vindicte, à la torture ou à la mort ou m'effacerais-je plutôt dans un refus mutique, une rébellion inutile ? En 2008, dans son film *Hunger,* le réalisateur anglais Steve McQueen revient sur la lutte qui opposa les militants nord-irlandais de l'IRA emprisonnés aux Britanniques qui leur refusaient le statut de prisonniers politiques – le *« blanket and no-wash protest »* (grève des couvertures et de la propreté), qui consistait à refuser de porter l'habit des droits communs, donc à aller nu, et de se laver, ce qui obligea la direction de la prison à incarcérer ces hommes avec une simple couverture et à les laver de force. Cette lutte, épisode majeur du plus vaste conflit, euphémiquement baptisé « les Troubles », qui de 1969 à 1997 opposa catholiques et protestants en Irlande du Nord, se solda par la grève de la faim qui entraîna la mort de Bobby Sands et de neuf autres de ses camarades, en 1981, sous le gouvernement de Margaret Thatcher. Le film propose une vaste réflexion sur la mise en jeu du corps (celui du prisonnier, ses mains, son dos, ses jambes, son sexe, son souffle et son regard) comme ultime « argument » dans un face-à-face avec l'État, perdu d'avance. Sur cette décision, inouïe, qui consiste à engager délibérément sa vie pour l'idée qu'on défend, sachant qu'on va la perdre. Deux volontés politiques inflexibles s'opposent, dont l'une est mise à nu par l'appareil répressif de l'autre. Mais dans le cadre d'une prison, ces volontés s'incarnent, violemment, d'une part dans le corps brutalisé des prisonniers, leurs visages tuméfiés, leurs os brisés, leurs corps souillés, d'autre part dans les bras, les épaules et les mains de ceux qui, au bout de la chaîne invisible qui les relie à Downing Street, se saisissent, à Belfast, des corps nus glissant comme des anguilles dans la sueur et l'urine, les maintiennent et frappent, frappent et frappent encore, pour les briser avant de les plonger dans l'eau. Ce qui signifie, si l'on veut bien s'y arrêter un instant, qu'ils les maltraitent afin d'en prendre soin, qu'ils en prennent soin de force… Les mains de ceux qui frappent sont mêmement blessées, sanglantes et gonflées à force de s'abattre sur l'autre, là, en face, qui refuse qu'on le traite comme un vulgaire truand. *« He is very conscious of hands. »* Dans une séquence retraçant un épisode de répression qui ponctua le mouvement, les prisonniers sont jetés un à un dans un long couloir entre deux haies de policiers appelés en renfort de l'extérieur, bottés, casqués, armés de boucliers et matraques de plastique : les coups pleuvent, les prisonniers, nus, rampent entre les pieds bottés pour atteindre l'issue, tandis qu'une partie des policiers tapent sur leurs boucliers pour couvrir les cris. Dans un recoin du couloir, l'un d'eux, incapable d'endiguer la violence qui l'assaille de toutes parts, s'est mis à l'écart et pleure. Quelque chose, en lui, de la chaîne invisible s'est rompu. On sait ce qu'il advient souvent de ces Judas. Et tout cela est le fait d'hommes traduisant des volontés politiques, tout cela se prend les pieds dans le tapis de Dieu, tout cela est insensé. Sans compter que l'« issue » au bout du couloir consiste en une fouille au corps d'autant plus humiliante que les prisonniers refusent de s'y prêter : à trois on les saisit, on leur maintient la bouche ouverte comme on le fait aux chevaux qu'on veut vendre, des fois qu'ils cacheraient des armes entre leurs dents, on leur enfonce des doigts gantés de gants de ménage dans le cul, voire des matraques sans gants, des fois que s'y dissimuleraient des pensées délétères, en un mot on les viole.

Que faire de tous ces coups, où aimer, comment vivre ? Pour Edward Bond, *La Décollation de saint Jean-Baptiste* est un tableau « bien plus réel que la rue dans laquelle on retourne après l'avoir vu ». Même chose pour le film. « Et si on en était conscient, il y aurait moins de prisons. » L'ombre du Caravage plane aussi sur ces plans qui puisent à l'art comme à la politique : *Le Couronnement d'épines,* dans la scène où un des prisonniers est immergé dans une baignoire non pour y être soumis à la torture mais pour y être lavé, à grands renforts de coups de balai-brosse, action qui, par un simple glissement des choses sous l'apparence inchangée des mots, fait de l'élémentaire impératif « prendre soin » dû aux prisonniers un impitoyable « porter des coups », et *L'Arrestation du Christ,* qui, ironie de l'Histoire, se trouve à la National Gallery of Ireland de Dublin, dans la scène qui montre que lors de la messe dominicale, dont ils n'écoutaient pas un mot, les prisonniers avaient une occasion de se rencontrer et d'échanger des nouvelles, des mots d'ordre et des vœux, des pensées, des silences, dans un cadrage et une lumière semblables à ceux du tableau, ou dans les nombreux plans où les mains de trois ou quatre tenants de l'ordre s'abattent sur les épaules d'un prisonnier pour l'arraisonner, l'encercler, le contenir. Toujours les mains : le geste qu'il faut pour peindre, le geste qu'il faut pour aimer, celui qu'il faut pour frapper. Le rapprochement n'est pas fortuit, il a sa pertinence religieuse, humaine et politique, la pertinence de l'art face à l'horreur humaine et à l'indifférence divine.

13.
Payer ceux qui nous baisent

Sans être amoureux de lui comme je le suis d'Adrien, je me suis petit à petit beaucoup attaché à Andreas, ou plutôt nous nous sommes beaucoup attachés l'un à l'autre – moi pour les raisons que j'ai dites (l'étonnante entente physique entre nous, et cette façon si élégante de remplir le rôle que je lui ai confié sans le lui dire : être l'Allemand, être le corps allemand, porter l'histoire allemande afin que je puisse y comprendre un petit quelque chose), lui parce que, je suppose, mon volontarisme historique l'intriguait et mon entière disponibilité sexuelle à nos communes aventures aussi. Loin de nous compliquer la tâche, le fait de nous exprimer dans une langue étrangère renforçait singulièrement notre attention à l'autre tout en ménageant de vastes zones d'ombre quant à nos intentions, que trouait de temps en temps l'éclair d'une confidence sommairement exprimée…

C'est le chemin du plaisir qui me mène aujourd'hui à Berlin, mais je sais que c'est aussi un chemin de mémoire et que ce fut longtemps le chemin de la guerre, même si on ne passe plus par Bar-le-Duc depuis longtemps. Berlin est l'espace aéré que j'ai dit, une vaste cité où l'effervescence du renouveau se mélange aux débris d'impensable, tout cela solidement ficelé, indémêlable. À mon troisième séjour, au bar d'un sauna aux installations impeccables et sophistiquées, je tombai en arrêt sur Tajdîn, vingt-cinq ans, étudiant en économie, manutentionnaire à temps partiel et prostitué occasionnel, allemand et kurde, qui me dévissa durablement la tête, si tant est qu'elle reposât encore sur mes épaules. Je le note ici en passant, pour respecter une certaine chronologie, mais j'y reviendrai. Avant de partir j'avais vu, ou plus exactement revu, *Le Temps d'aimer et le temps de mourir,* un film de Douglas Sirk réalisé en 1958, dont l'essentiel de l'intrigue se déroule dans Berlin en ruines, en 1944, avant la capitulation : l'histoire d'un amour noué le temps d'une permission entre un jeune et beau garçon, Ernst Graeber, soldat de la Wehrmacht, et une amie d'enfance, jeune fille décidée, libre, éclatante, Elisabeth Kruse, qu'il retrouve par hasard, et dont le père est emprisonné. La naissance et la croissance rapide de cet amour vont de pair chez Ernst avec la prise de conscience de l'étendue des atrocités et dégâts causés par la folle entreprise où le pays s'est lancé, incarnée à la fois par un ancien camarade d'école devenu chef de section nazi, Oscar Binding, sur la profonde bêtise revancharde duquel repose l'essentiel de la représentation de l'appareil répressif et d'anéantissement, et par le professeur Pohlmann, opposant de l'intérieur traqué, intègre et impuissant. Rarement l'inéluctabilité du destin des soldats appelés à combattre et des civils appelés à les attendre, parfois pour toujours, a été montrée avec une telle délicatesse et une telle profondeur, rarement l'attachement à des destins individuels aura à ce point pris en compte la dimension collective qui les sous-tend, rarement la faillite morale d'un peuple aura été filmée avec une telle finesse, une telle absence de ressentiment. Le nœud qui me serre la gorge pendant toute la durée du film est le même que celui qui m'étouffait, enfant, quand je pensais à la guerre, à l'idée de la guerre. Le cinéma a toujours le chic pour nous ramener brutalement au cœur des terreurs de l'enfance, là où l'on suffoque en toute quiétude, sachant qu'on ne va pas mourir, pas cette fois, pas encore. Adrien et Sandro sont, eux, restés de marbre, non par insensibilité, mais je gage que quelque chose de l'extrême raffinement des films de Sirk, sous leurs allures de grands mélodrames tout simples, ne touche plus au but aussi directement qu'hier – pour toutes sortes de raisons qui tiennent bien davantage à nous, à ce que nous sommes devenus, qu'aux films –, ou que les corps tourmentés par la rue n'ont l'esprit ni à ce genre d'histoires, ni à ce genre d'Histoire.

Car *Le Temps d'aimer et le temps de mourir,* adapté du roman éponyme d'Erich Maria Remarque (lequel dans le film joue le rôle du professeur Pohlmann), est un film d'Histoire – et Douglas Sirk, de son vrai nom Detlef Sierck, né à Hambourg en 1897, exilé à partir de 1937, un artiste qui n'a cessé de scruter avec la plus grande précision les gouffres invisibles où les circonstances historiques, sociales, politiques et sentimentales noient les hommes, sans jamais se départir d'une tenue morale et esthétique exemplaire ni se mettre en avant. D'où la possibilité de passer sans le voir, d'où l'extrême admiration où le tenait Rainer Werner Fassbinder qui, dans l'implacable portrait de l'Allemagne d'après-guerre qu'il a dressé de film en film, le cite souvent explicitement, d'où le fait que je ne peux voir ce film-là, plus qu'aucun de ses autres, sans pleurer dès Bar-le-Duc, c'est-à-dire dès le premier quart d'heure. Car le récit de la permission d'Ernst, au cœur du film, est une longue parenthèse entre deux séquences d'ouverture et de fermeture qui se déroulent sur le front germano-soviétique (qui ne fut pas, on le sait, une sinécure, et où, je le rappelle, les Allemands nazis se sont livrés à des dizaines de milliers d'exactions, tortures, assassinats contre les populations civiles des pays occupés, et avant tout les Juifs et les résistants, connus sous le nom d'« opérations mobiles de tuerie », menées par les *einsatzgruppen,* actions parmi les plus insupportables que la mémoire humaine ait à porter – quoi qu'on dise, il faut faire tenir tous les faits ensemble) et posent les termes du conflit moral qui traverse l'œuvre. Dans la séquence d'ouverture, le bataillon d'Ernst est amené à fusiller trois résistants russes. Dans le peloton mené par un soldat manifestement convaincu par les mobiles nazis quand les autres accusent déjà de sérieux doutes, une jeune recrue d'à peine vingt ans fraîchement arrivée sur le front est confrontée pour la première fois à cette obligation de tuer des civils désarmés. Incapable de la supporter, il se tirera une balle dans la tête un quart d'heure après l'exécution. Et dans la séquence finale, qui se déroule six semaines plus tard dans une débâcle que plus personne ne peut nier, le même soldat convaincu veut encore supprimer trois paysans russes faits prisonniers dont la garde a été confiée à Ernst. Cette fois ce dernier s'oppose à ce meurtre inutile, descend lui-même le soldat et libère les prisonniers avant de rejoindre le bataillon. L'un des paysans, se saisissant alors de l'arme du soldat mort, épaule, vise Ernst qui s'éloigne et lui crie « Eh, l'Allemand ». Ernst se retourne et reçoit une balle en plein cœur. Fin de l'histoire, même si l'Histoire continue. Ce que Sirk sait mieux que tout autre, lui qui perdit un fils sur le front russe, né d'un premier mariage, engagé dans les Jeunesses hitlériennes, dont on sent planer l'ombre sur ce joyau désespéré qui ne juge ni ne condamne et se tient au plus près de la naissance de l'amour et de la venue de la mort.

Et si j'étais né dans le Schleswig-Holstein en 1915, aurais-je pu, quelque part en Ukraine, abattre au bord d'une fosse qu'on leur a fait creuser des rangs entiers de Juifs, nus, et pousser de la crosse ou du pied les cadavres rétifs, achever d'une balle ceux à qui il échut de sombrer dans la fosse sans avoir pu mourir ? Aurais-je eu le courage de retourner mon arme contre moi ? Ce temps de mourir, où les bourreaux étaient à la peine dans le fracas des armes, l'odeur du sang, les brûlures de la chaux, dans la besogne insensée où plonge la mise à mort, *a fortiori* de masse, où est-il ? Où sont les assassins, où sont ceux qui roulèrent au creux des plaines à blé de la riante Ukraine, quel lieu assigner à ce qui se refuse à la pensée des hommes ?

L'Allemagne sous son tapis de bombes, réduite en cendres parce que le nazisme se consumait enfin dans les ultimes soubresauts de son imbécillité hystérique, mais aussi parce que les Alliés avaient choisi ce moyen-là pour éteindre le feu, si l'on ose dire, d'une main, tandis que de l'autre ils découpaient l'Europe, exfiltraient quelques dignitaires nazis en Amérique du Sud, ouvraient ces camps qu'ils avaient déjà vus d'avion depuis un bon bout de temps, cette Allemagne-là, qui gît aujourd'hui dans quelques œuvres et de nombreuses mémoires, est devant moi, à peine dissimulée sous son vernis industrieux, sa morgue économique et ses élans alternatifs bon teint. À quoi pense-t-on quand, après avoir élu un psychopathe à la tête de son pays, qu'il a mené à sa perte, physique et morale, avec notre consentement, fût-il muet, on se retrouve à devoir croupir dans des caves humides pour éviter d'être transformé en torche vivante à cause des bombes incendiaires ? Pense-t-on encore ? L'effondrement final de l'Allemagne sous les bombardements alliés a été consigné par Stig Dagerman au fil d'une série de reportages réalisés en 1946 et réunis en volume sous le titre *Automne allemand*. Sa précision et son empathie, qui n'absolvent rien, sont telles que je suis resté confondu de n'avoir pas cherché plus tôt à prendre la mesure du prix que le *Deutsch Land* avait dû payer pour clore douze ans de délire – l'attention davantage retenue par les essais nucléaires américains *in situ* en terrain japonais. C'est que je suis français, n'est-ce pas : les Allemands, pour la troisième fois en moins d'un siècle, s'étaient conduits comme de parfaits salauds, cette fois-là même comme des criminels accomplis, des tortionnaires hors pair, il ne faudrait quand même pas s'imaginer que… Stig Dagerman, ressortissant d'un pays qui n'a pas choisi la célèbre « voie de la collaboration », et qui de plus voit tout cela de ses yeux, sent d'emblée que quelque chose ne va pas dans cet acharnement et en fait état. Et cet homme d'une lucidité aiguë place évidemment sa réflexion au cœur de son travail d'écriture, doublant l'impératif humain dont ses textes témoignent d'un impératif moral inséparable de ses préoccupations. « L'œuvre littéraire est-elle plus proche de la souffrance que cause le reflet du feu ou de celle qui naît du feu lui-même ? »

Je vais revenir à Andreas, aller à Tajdîn, mais ceci encore. Sebald, né en Bavière au moment même où Hambourg, Dresde, Cologne, Berlin s'abîmaient dans le feu, a remis sur le métier de nos consciences les interrogations traînantes mais jamais vraiment résolues sur ce moment de l'histoire allemande. Sebald était écrivain, c'est donc assez naturellement que son questionnement a pris des chemins proches de ceux qu'emprunta Dagerman. Mais sa réflexion se déploie bien après que les événements ont eu lieu, c'est-à-dire dans un temps où l'on peut raisonnablement penser que la mémoire et la littérature ont pu officier. Dans une série de conférences prononcées en 1997 et réunies plus tard en un volume intitulé *De la destruction comme élément de l'histoire naturelle* (*Luftkrieg und Literatur* en VO, littéralement « Guerre aérienne et littérature », moins pompeux, plus précis), Sebald constate précisément que non, la littérature est restée muette, ou quasiment, ce qui n'est pas sans signification. À l'exception, dit-il, de deux romans : l'un, *La Ville au-delà du fleuve,* de Hermann Kasack, publié en 1947, connaît aussitôt un grand succès en Allemagne et sonne étrangement vide, lu de ce côté-ci du Rhin soixante ans plus tard, même si ce vide est évidemment davantage le reflet de la glaciation profonde dans laquelle sont saisis les hommes et les lieux du livre que d'une vacuité du propos ; l'autre, *Le Silence de l'ange,* de Heinrich Böll, a été écrit entre 1949 et 1951 mais publié seulement en 1992. Et, de fait, ce dernier se tient au plus près de la décomposition matérielle et humaine qui accable l'Allemagne et fait errer dans les ruines d'une ville sans nom deux êtres vidés de leur force et de leur substance, sorte d'écho vaincu, éteint, des deux protagonistes du film de Douglas Sirk. Mais il n'a été publié que près de cinquante ans après avoir été écrit, et dix ans après la mort de son auteur. Le temps qui n'est pas encore passé explique sans doute en partie cette impression de vide que donne le roman de Kasack, celui qui est passé dans le silence et dans la peine, l'impression d'hébétude quasi ataraxique qui envahit le livre de Böll. Pareil retard de publication vaut pour *Un voyage* de Hans Günther Adler, rédigé en 1950, péniblement publié en 1962 en Allemagne dans une indifférence de plomb, même s'il fut salué par Elias Canetti ou Heimito von Doderer, dont la force insolite et le constant décalage du regard sur les faits mit des années à s'imposer (la traduction française datant de 2011 !). Il n'est pire sourd… Il reste que le constat dressé par Sebald, qui a par ailleurs écrit une œuvre considérable sur la mémoire européenne dans sa langue natale mais depuis l'Angleterre où il vivait, est sans appel : « […] il semble que nous, Allemands, soyons devenus aujourd'hui un peuple étonnamment coupé de sa tradition et aveugle face à son histoire. […] Et lorsque nous regardons en arrière, en particulier vers les années trente à cinquante, c'est toujours pour détourner les yeux de ce que nous voyons. » Plus loin il ajoute : « Il m'apparaît que si les écrivains allemands de toute une génération ont été dans l'incapacité de rendre compte de ce qu'ils avaient vu et de l'inscrire dans notre mémoire, c'est, dans une large mesure, parce qu'ils étaient principalement soucieux de retoucher l'image qu'ils livreraient à la postérité. » Fermez le ban.

Tes grands-parents, Andreas, où étaient-ils et qu'ont-ils fait ? J'ai parlé de Tajdîn à Andreas, en lui disant que j'avais rencontré un *« very handsome and hot Kurdish guy »*. Andreas acquiesce et, non, il n'y avait pas eu de nazis dans sa famille, à part peut-être un grand-oncle qui était passé aux Jeunesses hitlériennes, comme le pape, comme tout le monde, ce qui ne fait ni de tout le monde, ni du pape ni de mon grand-oncle des nazis. Andreas comprend mais pour lui tout cela est au rayon Histoire, son Allemagne est celle de la réunification, de la sortie du nucléaire, du mariage gay et de l'immigration turque. À ce propos, que pouvait-on faire avec Tajdîn ? À peu près tout, répondis-je, à condition de glisser un billet vert, voire jaune, dans sa poche après, et de ne pas lui dire qu'il est turc, puisqu'il est kurde.

Tajdîn est l'un des plus beaux et des plus fins garçons que j'aie eus entre les mains. Fier, comme on ne l'est plus guère par ici où l'on se méfie un peu des excès que trop de fierté engendre, la remplaçant par le mépris, ce qui est évidemment pire, d'une fierté très émouvante où s'attardait un peu d'enfance : d'être kurde (*« I'm Kurdish, not Turkish »*, m'avait-il dit comme je m'enquérais de quelques données biographiques après notre première séance, brutale, concentrée, délicieuse, et le spectre des questions d'identité de surgir comme une poupée russe au-dessus de nos têtes : être Allemand, être Turc en Allemagne, être Kurde en Allemagne, être Kurde en Turquie, être Kurde où qu'on soit ?), de son corps (d'une densité peu commune, probablement savamment entretenue par diverses activités sportives, et dont la perfection le plaçait au-delà de tout commentaire, dans les cintres de l'art), de sa queue (*« king size »,* avait-il précisé après, s'excusant presque, mais je vous en prie, tout le plaisir était pour moi), du maniement qu'il en avait (*« It was good »,* avait-il dit d'un ton tellement subtil que je fus incapable de décider du statut interrogatif ou non de sa remarque – lui et moi parlons l'anglais comme nos propres langues, sans inversion et avec les seules finales en l'air pour marquer le questionnement : avec point d'interrogation il guettait de ma part une approbation qui le rassurerait sur ses performances et justifierait la somme préalablement convenue, sans point d'interrogation la fleur était pour moi, j'avais assuré ; je répondis par un *« It was good »* sur lequel je tâchai de laisser planer la même subtilité d'intonation pour finir par être affirmatif : oui, c'était franchement bien).

Comment poser la main sur un corps que l'on paye pour avoir avec lui contact et contentement ? Avec infiniment plus d'attention encore, si c'est possible, que sur les corps que l'on ne paye pas. Si l'argent présente généralement l'avantage de vider le rapport de toute espèce d'incertitude en se substituant aux craintes narcissiques qui ont vite fait de ternir le tableau, il ne donne pas le droit de faire n'importe quoi. C'est ce que j'ai tout de suite compris avec Tajdîn, une première pour moi. Avec un sourire ravageur, il m'avait abordé en me disant, non pas « Barre-toi pédale » (je suis d'un temps où l'on s'attend, à chaque instant, à recevoir ça sur la tête – même dans un sauna gay, ce qui en dit long sur l'intériorisation des peurs irrationnelles –, en s'estimant heureux qu'il n'y ait pas, en prime, une pluie de baffes), ni même « Désolé, une autre fois peut-être », mais un charmant *« If you want, you can have sex with me for one hundred euros »*, chuchoté à mon oreille, un véritable conte de fées. Je ne m'attendais pas à être l'objet d'une telle proposition à cet endroit-là, pas spécialement connu pour offrir ce genre de prestation (d'où la discrétion avec laquelle elle avait été formulée), moins encore à être identifié au premier coup d'œil comme un client potentiel ne maîtrisant pas l'allemand, mais m'habituai rapidement à ce nouvel état que je devais à l'âge de mon corps, à ce qu'il disait de moi. Être devant une telle merveille, pouvoir sans crainte poser la main dessus est une chance inestimable, j'en suis bouleversé. La principale fierté de Tajdîn, on l'aura compris, est d'être un homme. Et s'il fut attentif à mon plaisir, il veilla surtout à correspondre à l'idée qu'il se faisait de lui-même, c'est-à-dire à remplir les critères que son éducation, sa culture, son âge et son milieu avaient assignés à la catégorie « homme », sans trop s'attarder aux légères distorsions qu'il faisait subir auxdits critères en bandant pour d'autres hommes et en se faisant payer pour ça. Le conte de fées continuait, j'étais complètement dissocié : d'un côté, concentré sur la marche de nos actes, je prenais ce plaisir presque abstrait, un peu âcre, qui consiste à consentir à être utilisé comme un objet (Tajdîn avait compris cela d'emblée, il avait dû en voir bien d'autres, et après une vérification rapide de mon autorisation usa de cette brutalité dont j'ai parlé et qui était au cœur de mon désir de lui), de l'autre, ému aux larmes, je voyais le gars tiraillé entre ses devoirs de prestataire de service et ses droits d'homme baisant acharné à gagner ce moment si fugace où la conscience se voile et disparaît enfin. *Was it good? Yes it was.*

Prenez-le comme vous voulez, une beauté pareille est pour moi presque aussi impensable que les horreurs de la guerre. Je retourne à Potsdam le lendemain, je veux revoir *L'Incrédulité de saint Thomas*, parce que je sens que j'ai été devant Tajdîn exactement comme Thomas devant le Christ ressuscité : impossible de se contenter de voir, il faut aussi toucher, et pas seulement toucher, mais mettre le doigt dedans, être plus que jamais « *very conscious of hands* ». Je n'ai pas encore les rides de Thomas, et Tajdîn n'était drapé que de sa nudité, mais l'étonnement profond, décisif, moteur est le même : aller de soi-même vérifier l'état de ces lieux où la beauté advient, la toucher pour s'en fortifier, voir, toucher et croire, s'en revenir parmi les hommes pour témoigner de cet avènement qui a eu lieu, cette fois, dans un sauna berlinois sous les traits d'un étudiant kurde de vingt-cinq ans, et se répète, d'innombrables fois, partout et tout le temps, pour peu qu'on y accorde son regard, son désir ou sa foi, comme on voudra.

14.
Payer ceux qui nous tuent

Andreas sent que je suis bouleversé par Tajdîn, il commence à s'habituer à cette espèce d'exaltation qui me soulève et m'éparpille aux vents des hommes que je désire et des interrogations qui me traversent, dont je tente de rendre compte ici. Et encore, barrière linguistique oblige, n'en perçoit-il que la part émergée, même s'il m'arrive, j'y ai fait allusion, de me lancer avec mon anglais mi-cuisine mi-bazar dans des tentatives d'exposition de sentiments et perceptions un peu complexes, ne voyant pas pourquoi la maîtrise approximative d'une langue obligerait ses locuteurs hésitants à n'évoquer que des trivialités immédiatement identifiables par les auditeurs précisément parce que ce sont les mêmes partout.

Comprends-tu, Andreas, ce que signifie, pour un jeune immigré (s'ils veulent devenir allemands, les Turcs, fussent-ils kurdes, doivent en effet renoncer à leur nationalité d'origine), déjà minoritaire dans son pays natal, coucher avec des Allemands aisés et le cas échéant gros et moches contre rétribution – car l'origine et le corps de Tajdîn le définissent d'emblée aux yeux de ses clients potentiels comme un tapin oriental, pas comme un étudiant allemand ? Ça signifie mettre en jeu, économiquement – je parle là à la fois de l'économie monétaire et de l'économie du désir –, des ressources du corps radicalement autres, cela signifie tendre à des Européens emplis de craintes et de fatigues séculaires le miroir aux alouettes du pauvre et de l'immigré qu'on exploite aussi sexuellement ; aux alouettes parce que évidemment la force et l'avenir sont là, dans ces hommes qui baiseraient des chaises si les chaises ouvraient les portes de ce monde que les chaisières gardent jalousement fermées comme elles ferment leur cul et leur bouche à ces queues qui sont pourtant leur salut. Au lieu de ça elles sacrifient aux autels de l'orthodoxie monétaire et pontifient à perdre haleine. Quand ils n'ont pas oublié les logiques minoritaires qui les enserrent, les pédés font volontiers leur affaire de ces corps-là comme un pied de nez expiateur aux colonisateurs hétérosexuels : vous les avez assez baisés pendant près de deux siècles, aujourd'hui c'est nous qu'ils baisent et nous aimons ça, demain c'est vous qu'ils baiseront et il se peut que nous adorions ça… Andreas sait cela, évidemment, tout comme il sait que l'argent que ramasse ainsi Tajdîn lui sert à payer ses études, pas à alimenter un proxénète ou un réseau, mais comme il est moins exalté il privilégie le revers de la médaille, pense que l'exploitation sexuelle est une des faces de l'exploitation économique, que nous continuons à baiser ces gens qui frappent aux portes de notre insolence, et que les chaisières voient d'un bon œil qu'une minorité serve de soupape de sécurité à une autre : enculez-vous tant que vous voulez, pendant ce temps-là on range et on encaisse. Les deux choses tiennent ensemble, assurément. Et quand je te baise, Andreas, c'est l'Europe de demain alors que je cherchais le monde d'hier ?

Le soir même, en sortant du magasin où il manutentionne, Tajdîn nous rejoint, c'est mon cadeau de bienvenue à Andreas. Plus saint Thomas que jamais, je regarde, sans toucher, ce qui surprend un peu Tajdîn mais, d'être ainsi placé au croisement des attentions d'Andreas et de mon regard redouble et sa concentration et l'indicible émotion que fait monter en moi le spectacle de sa fierté. Andreas m'impressionne, il est empli du calme détachement du bourreau de Jean-Baptiste même quand il est à terre, dans la position du supplicié dont la tête se détache, et quand Tajdîn le saisit par les cheveux d'une main et par l'épaule de l'autre pour ajuster, en lui, sa position, il l'absorbe, dirait-on, avec un demi-sourire dont on ne sait s'il faut l'attribuer au plaisir, à la douleur ou à l'indissociabilité des deux. Je retrouve la cadence brutale de Tajdîn qui de nouveau me touche comme me touche l'enfance. Andreas s'y adapte, s'y soumet, ils vont ainsi leur train, et j'atteins là d'un coup l'un des plus grands mystères à l'œuvre sur une terre qui en recèle bien d'autres : comment entrer en l'autre quand il vous y invite et pour y trouver quoi ? comment accueillir l'autre quand on l'a invité et tenir sa promesse ? J'embrasse longuement Andreas et étreins Tajdîn, qui n'est pas du genre à se laisser embrasser comme ça, après, en signe d'affection et de reconnaissance. De nouveau je sens Tajdîn surpris, mais son étreinte est sans arrière-pensée. Il n'est pas au bout de ses peines avec nous qui sommes passés en quelques jours du statut de parfaits inconnus à celui de bons clients.

Car Tajdîn a aussi beaucoup plu à Andreas, évidemment. Nous nous sentons, pour ces quelques jours de mon troisième séjour à Berlin, portés par une petite joie douce qui affine les perceptions et rend le réel plus aimable. Nous sommes cette fois logés, à Prenzlauer Berg dont je ne connaissais que la face nocturne pour y être allé draguer avec Andreas le soir où nous avions trouvé Dieter, dans une rue perpendiculaire à Schönhauser Allee, à la hauteur de la station de métro du même nom, pavée, enfouie dans les arbres, douce comme une promesse de printemps au sortir de l'hiver. J'arpente la ville à pied, en tram, et ses distances démentes m'enchantent tant partout on respire. Je trouve, à la Gemäldegalerie, un *Martyres de saint Pierre et de saint Jean-Baptiste* de Masaccio dont l'espèce de simplicité réaliste m'évoque les gravures qui ornaient les éditions originales de certains textes du marquis de Sade, en ce sens que les corps y sont pareillement traités comme de simples objets que l'on peut saisir, retourner, attacher, brûler, supplicier de mille et une manières, au gré des ordres ou des caprices du pouvoir, sans qu'il soit naturellement question un seul instant qu'ils regimbent au traitement qu'on leur fait subir, sinon pour redoubler le plaisir des commanditaires ou exalter la piété des foules. La tâche ingrate des bourreaux, à laquelle Caravage presque deux cents ans plus tard attachera une si précise attention, et précisément sur les deux mêmes motifs, est ici purement fonctionnelle et, pourrait-on dire, celle des saints aussi. Ce sont de fascinantes représentations d'idées : « Il accroche une femme sur une roue hérissée de pics et l'enconne » – aussitôt on dessine une roue dentée, on y accroche un corps de femme dans lequel un libertin glisse un engin monstrueux, et s'il y fallait un éléphant et deux nonnes, on les ajouterait sans barguigner. Saint Pierre est déjà sur la croix, en une verticale parfaite, tête en bas, pieds cloués, de chaque côté les tâcherons s'affairent à lui fixer les mains ; derrière, des gardes en armes. Saint Jean-Baptiste est représenté avant la décollation, agenouillé de profil il tend la tête au-dessus du plateau qui dans un instant la recueillera, son visage est enfoui dans ses mains. Le bourreau, de dos, vêtu d'une tunique et d'une courte culotte, brandit à deux mains l'épée qui tranchera le saint, il est solidement campé sur ses deux jambes nues. Sur le côté, un gardien, à droite, des hommes en armes. Un mince liseré d'or sépare les deux scènes réunies dans le même tableau, une des trois parties de la prédelle du polyptyque de Pise, réalisée à l'œuf sur du bois, comme *L'Adoration des mages* et les *Épisodes de la vie de saint Julien et de saint Nicolas* qui l'accompagnent (le premier tuant ses parents dans leur sommeil en levant sur eux son épée, le second jetant des pommes d'or dans la maison de trois jeunes filles pauvres). Naturellement, c'est la grande simplicité de représentation qui guide le pinceau de Masaccio et l'absence complète de tragique dans des scènes qui le sont par essence qui produisent ce saisissant effet de fonctionnalité, qui n'est pas forcément intentionnel mais donne à voir dans le dépouillement quelque chose du grand calme à peine tourmenté qui plane sur les saints, que Caravage ombrera diaboliquement par la suite. On atteint là une sorte d'au-delà de la représentation qui n'est pas sans rapport avec la photo du rebelle libérien, dû à l'art dans un cas, à la « simple » impossibilité de penser le réel de l'autre. La vie des saints, comme celle des libertins de Sade, n'offre aucune limite aux représentations que l'on peut s'en forger, quand le réel toujours nous rabat.

En sortant du musée, c'est un chemin de mémoire que j'emprunte pour, au-delà de la Potsdamer Platz, dont la reconstruction consécutive à la chute du Mur a fait une sorte de centre névralgique international d'affaires, de commerces et d'hôtels de luxe parfaitement interchangeable avec ceux de Vancouver, du Cap ou de Brisbane, aller voir le Mémorial aux Juifs assassinés d'Europe, *Denkmal für die ermordeten Juden Europas,* œuvre de l'architecte américain Peter Eisenman, qui s'étend jusqu'à la porte de Brandebourg, sur un vaste terrain de près de deux hectares qu'occupaient initialement les jardins de deux immeubles de la Wilhelmstrasse, celui de la présidence du Reich et celui du ministère de l'Alimentation et de l'Agriculture où Joseph Goebbels, ministre de la Propagande du IIIe Reich, s'était fait construire en 1937 une villa et un bunker. Tout cela évidemment disparut en 45 sous les bombes, puis la construction du Mur fit de cet endroit le *no man's land* que l'on sait. C'est donc un lieu lourdement chargé d'absurdité bien davantage encore que d'histoire. Là ont été érigées 2 711 stèles de béton de 95 cm de large, 2,38 m de long, variant de 0 à 4,70 m de hauteur, inclinées de 0,5 à 2°. Le passage entre chaque stèle est de 95 cm, impossible d'y marcher à deux de front. Le sol pavé des allées ondule et crée lui-même, ou renforce, les différences de hauteur des stèles, que l'on domine ou qui nous écrasent successivement et dans quelque sens que l'on parcoure le terrain. Çà et là quelques arbres émergent, sous une partie du monument se trouve, en position de bunker, une sorte de musée présentant une documentation sur l'extermination, au plafond duquel on peut voir le dessous des stèles… Je ne suis pas entré dans le musée. J'ai marché seul dans les allées, sous un ciel terne et bas, ai parcouru les quatre côtés du monument sans jamais pouvoir saisir une vue d'ensemble, me suis assis sur un banc de l'Ebertstrasse qui le sépare du Tiergarten. Il y avait là quelques groupes de touristes plutôt discrets et attentifs aux propos de leurs guides, quelques couples se photographiant dans les allées étroites. Rien, je crois, du kitsch un peu nauséeux dont parle Ruth Klüger – rescapée des camps qui a formulé un point de vue constamment à rebours de la doxa qui a fini par se constituer dans un unique et tardif livre dont le titre, *Refus de témoigner,* exprime à lui seul l'essentiel de sa position –, dans un article de 1996, *La Mémoire dévoyée : kitsch et camps,* qui s'ouvre sur ces mots : « La mémoire est une faculté, non une vertu. » J'ai pensé aux travellings d'Alain Resnais, pas même à cause de *Nuit et brouillard* mais parce que je me suis dit que seuls les travellings d'Alain Resnais pouvaient faire parler les pierres. Je me suis dit enfin qu'il y avait là une possibilité offerte à la mémoire de s'ouvrir, à condition qu'elle le veuille bien, mais rien, absolument rien des six millions de morts qu'aucun monument, jamais, ne rendra pensables. Et je me suis senti nu, et démuni, comme on se sent devant un voile dont on sait que, même s'il tombe, il ne découvrira pas la vérité qu'on attend, comme je le suis devant Andreas au creux duquel palpitent les morts et les blessés, les hommes rendus fous, les solitaires hagards qui hantèrent les tranchées, mais pas un de ces *six millions d'hommes, de femmes et d'enfants assassinés par les Allemands nazis* qui sont un grand trou noir et muet au cœur de notre histoire.

Allez savoir pourquoi, j'ai alors repensé à ce qu'Adrien un jour m'avait dit : « C'est dingue, les Chinois facturent aux familles des condamnés à mort le prix de la balle qui a servi à leur exécution… »

On ne songe guère, dans l'ordinaire des jours, à l'existence de ces économies parallèles que les économies officielles masquent comme elles peuvent. Je ne fais pas allusion à l'argent de la pègre, de la drogue, de la prostitution ou des trafics d'organes, si harmonieusement intégré, si indispensable au circuit monétaire qui fait tourner le monde que nul n'envisage sérieusement de s'en débarrasser, mais plutôt à l'économie du désir, de la misère, de la mort. Dans la masse impensable de l'événement que le champ de stèles de Berlin commémore, Raul Hilberg a tracé quelques chemins qui, si l'on daigne les parcourir, éclairent un peu l'obscurité. Adolescent, voyant *Nuit et brouillard* qui, pour beaucoup de gens de ma génération, a été le premier contact un peu tangible avec cette réalité historique qu'on n'enseignait pas encore à l'école, j'avais été révulsé mais aussi fasciné par les images montrant des hangars entiers pleins de lunettes, casquettes, carnets, os, crânes, dûment triés et rangés, et par-dessus tout cheveux de femmes que les nazis, en bonnes chaisières, avaient gardés pour faire des rouleaux de tissu, et j'avais aussitôt repensé à mon arrière-grand-mère, celle qui est née en 1871, à l'heure du premier conflit franco-allemand, qui jeune fille vendait ses cheveux, qu'elle avait fort beaux, à des chiffonniers de passage pour arrondir les fins de mois… permanence de la misère où que le regard porte. Ma fascination était le fruit de mon incompréhension profonde : que faire de ces richesses qui, dès qu'elles ont quitté les corps qu'elles paraient, deviennent de pauvres choses ? Eh bien, de nouvelles richesses, tout simplement, recyclées, réinjectées dans de nouveaux circuits, transformées, renommées. Dans *La Destruction des Juifs d'Europe,* Hilberg reconstitue patiemment le circuit économique de l'extermination et montre, en quelques tableaux et grâce à de brèves citations de documents administratifs, que l'entreprise d'extermination n'était pas seulement une aberration morale mais aussi une aberration économique (« La destruction des Juifs ne constituait pas une opération rentable », commente-t-il sobrement) qui ne tarda pas à entrer en contradiction profonde avec les objectifs affichés de rationalisation et de rentabilité, contradictions au-dessus desquelles il fallut impérativement passer pour poursuivre les objectifs de la conférence de Wannsee, ce que résume parfaitement cette phrase d'une lettre d'Otto Bräutigam, du ministère des Territoires occupés de l'Est, au Reichskommissar de l'Ostland le 18 décembre 1941 : « Les questions économiques ne doivent pas être prises en considération dans la solution de la question juive. » Hilberg établit avec une grande clarté que, dans sa phase préliminaire (ségrégation, confiscations, expulsions, regroupements), le processus d'extermination fut *une affaire rentable* (dimension dont le cynisme résonne encore aujourd'hui, soixante ans plus tard, dans les tracasseries juridiques et administratives qui entourent la restitution des biens volés aux Juifs, la plupart du temps des œuvres d'art) et, dans sa phase finale (déportations, extermination), *une affaire horriblement coûteuse,* la courbe des coûts croisant puis dépassant celle du nombre de Juifs vivants restant dans le Grand Reich. Il faudra s'inquiéter, si on ne l'a déjà fait, le jour où l'esprit humain aura trouvé le moyen de rentabiliser une telle opération sans trop de contorsions économiques, car nous savons déjà combien de couleuvres idéologiques nous sommes capables d'avaler.

Je suis sur ce chemin d'Allemagne où je marche depuis maintenant quelques mois, heureux d'avoir Andreas à mes côtés qui m'est un sûr rempart contre la tentation sans cesse renouvelée de fléchir sous le poids des stèles et des morts, et désormais Tajdîn, qui est une lumière d'Orient, allemande, un pied de nez insolent aux chaisières, et les hommes de peinture, les abris de calcaire, les princes, français et italien, qui les peuplent, la vie qui partout coule, me pousse et me transforme.

15.

Haïr
les malades,
les prisonniers,
les pèlerins,
les morts,
ceux qui ont faim et soif,

haïr
ceux qui sont nus

Je suis rentré à Prenzlauer Berg sans aller voir le monument aux homosexuels persécutés par le régime national-socialiste. Il n'y avait pourtant que l'Ebertstrasse à traverser, mais tant de vide résonnait en moi que je ne pouvais guère envisager autre chose que m'éprouver physiquement. Je retournai avec Andreas là où nous avions rencontré Dieter, quelques mois plus tôt, ce bar situé à quelques pâtés de maisons de « chez nous » en direction de Bornholmer Strasse. Dieter étant un habitué des lieux, nous retombâmes sur lui qui arriva une ou deux heures après nous et ne nous avait pas oubliés, quel qu'ait été dans l'intervalle le nombre de ses rencontres et de ses exercices de patience. La douceur de ses traits, ses cheveux mi-longs, son collier de barbe blonde détonnaient un peu dans cet univers plutôt codifié sur les plans vestimentaire et comportemental, où le cheveu comme la barbe se portent volontiers ras et la dégaine comme les fringues sont volontiers provocantes. Codifié mais pas sectaire : Dieter avait donc toutes ses chances, et même un peu plus dans la mesure où son léger décalage attirait l'attention, ce d'autant qu'on n'avait très rapidement plus grand-chose sur le dos pour se distinguer les uns des autres, comme on l'aura compris. Le vide qui m'emplissait n'entraînait pas de l'absence mais du trop-plein, un nœud au-dessus du nombril auquel venaient s'accrocher toutes les tensions du jour, de l'Histoire et des impasses où l'on s'engage en croyant voir la mer alors qu'on va au mur. Dénouer, autant que possible, ce nœud, atténuer la tension en évacuant le vide étaient les mobiles souterrains qui me conduisirent cette nuit-là à quelques excès d'autant plus précieux que je les savais portés par l'ombre ; mais officiellement je n'étais là que pour m'envoyer en l'air tranquillement avec de grands gars tout simples qui eux-mêmes, je le savais d'expérience, poursuivaient leurs propres objectifs souterrains en apportant leur contribution à l'entreprise commune engagée là : se donner du plaisir, sans contrainte et sans risques inutiles.

Le lieu s'y prête, évidemment, il est même fait pour ça. Cultivant un aspect soigneusement délabré d'entrepôt aux murs noirs dont la peinture s'écaille, traversé de tuyaux de ventilation apparents et autres gaines d'acier clinquant, agrémenté de recoins des plus obscurs, de *slings,* de *glory-holes* et d'une croix de saint André, ce n'est pas à proprement parler un endroit pour jeunes filles vertueuses – ce que, ça tombe bien, ni Andreas, ni Dieter ni moi ne sommes plus depuis longtemps qui avons tous trois plus ou moins largement passé la quarantaine ! Ce fut une soirée à la fois sérieuse et diversifiée en ce sens que, loin de nous livrer à une répétition des jeux de notre précédente rencontre, nous essayâmes à peu près toutes les installations de l'endroit, et une bonne partie des autres clients, en y mettant à chaque fois bonne volonté et cœur à l'ouvrage. La croix de saint André, à branches égales, en forme de X, censée avoir été le modèle utilisé pour la crucifixion du premier apôtre, fit essentiellement les délices de Dieter qui trouva, outre Andreas dont j'ai déjà dit à plusieurs reprises qu'il avait le corps de l'emploi, un second bourreau pour l'y attacher en douceur, de face puis de dos. Frappez-moi, car là est mon bonheur, de vos mains expertes, de vos lanières tendres, des ceintures lentement détachées de vos tailles puissantes, prenez le plaisir fou d'accéder à mes souhaits, et n'engageons jamais, de nos corps, de nos âmes, la moindre part contrainte qui nous éloignerait de ces libertés folles que nous avons gagnées, car là où nous jouissons sans craindre Dieu ni foudre d'autres ont été meurtris, piétinés, oubliés. Je fus quant à moi pris en main par un petit brun râblé large qui, après s'être courtoisement enquis si je désirais qu'il utilisât des capotes (*« Do I need to protect you ? »*, me dit-il en une formule d'une subtilité renversante qui en dit long sur l'extrême sophistication de nos prises de risques, « *Yes, you do* »), ne me demanda plus mon avis sur rien, auquel je m'en remis pour traiter du trop-plein comme du vide, questions avec lesquelles il avait manifestement l'habitude de composer puisque aussi bien elles gisent, pendantes, au cœur de nos élans. Lève la main sur moi si je te le demande, aime ma soumission à nos communs désirs, et, la main du bourreau, les gestes d'assassins et le poids de la haine, sur cette terre d'Allemagne où ils ont tant pesé, dans ces corps d'hommes allemands où ils ont tant œuvré, pas plus tard qu'avant-hier, ici même où je suis à genoux devant toi, reléguons-les dans l'art, les livres et la pensée, et traitons d'aujourd'hui en tâchant de tout faire tenir en même place, et les millions de morts et notre joie de foutre.

Je sortis de cette « *charming night* » rincé, mais prêt à retourner vers le Tiergarten et son monument, le lendemain, accompagné d'Andreas qui disposait de sa journée. J'étais hanté par la rancune qui bouillonne dans le sillage des guerres, des déchirures, des violences et des luttes, ce sentiment qui, selon Thucydide, est « un plaisir qui passe, n'est-il pas vrai, pour le plus vif de tous » et nourrit de fort nombreux mobiles. Je sais qu'il est au cœur de ces chemins que j'emprunte, en France comme en Allemagne et, même si je ne le distingue pas clairement, je sais qu'il finira par surgir. Le monument aux homosexuels persécutés par le régime national-socialiste, donc, *Denkmal für die im Nationalsozialismus verfolgten Homosexuellen,* a pris place en 2008 en bordure du Tiergarten, juste en face de l'« autre », auquel il fait plastiquement écho puisque le projet retenu après de longs débats entre les divers décisionnaires, œuvre des artistes Michael Elmgreen et Ingar Dragset, reprend l'idée de la stèle de béton, ici en un seul exemplaire et davantage inclinée, percée d'une sorte de fenêtre noire qui, si on se place tout contre, presque à y coller le nez, permet de voir une vidéo montée en boucle montrant deux garçons s'embrassant infiniment. Si on ignore l'existence de ce monument, et si on n'a pas la curiosité d'aller y coller son nez, comme je l'ai dit, il est tout à fait impossible de se douter de quoi il s'agit au juste, à moins qu'on n'ait prêté attention à une petite plaque, dont le texte, en allemand et en anglais, est des plus explicites même s'il commence à s'effacer, placée à cinquante mètres environ du monument, en bordure de l'Ebertstrasse. Y sont sobrement mentionnés ces faits incontestables qui n'encombrent pas pour autant les livres scolaires d'histoire (lesquels pèseraient cent cinquante kilos, au demeurant, s'il leur fallait mentionner tout ce qu'ils taisent) : « L'Allemagne national-socialiste fut le lieu d'une persécution des homosexuels sans pareille dans l'histoire. En 1935, les nationaux-socialistes ordonnèrent la criminalisation générale de l'homosexualité masculine. À cette fin, les dispositions de l'article 175 du code pénal visant un comportement homosexuel furent considérablement renforcées et élargies. Un baiser entre hommes pouvait à lui seul entraîner la persécution. L'article 175 conduisait à la prison ou au bagne. Le nombre des condamnations dépassa 50 000. Les autorités national-socialistes purent parfois obtenir la castration forcée des condamnés. Plusieurs milliers d'homosexuels furent déportés en camp de concentration en raison de leur homosexualité. Une grande partie d'entre eux ne survécurent pas aux camps. Ils moururent de faim, de maladies, de mauvais traitements ou furent victimes d'opérations meurtrières ciblées. » Plus loin on peut lire : « L'Allemagne, de par son histoire, porte la responsabilité particulière de s'opposer activement aux atteintes aux droits de l'homme à l'encontre des homosexuels masculins et des lesbiennes. » J'étais ému d'être là, Andreas l'était aussi, avec traînant au fond de cette émotion la petite rage afférente à l'invisibilité du monument – non parce que ses dimensions seraient trop modestes ou son expression trop timorée (je le trouve à cet égard plutôt « réussi »), mais parce qu'on ne peut pas le voir pour ce qu'il est si on ignore ce qu'il est, parce qu'*il est difficile de le voir par hasard et d'apprendre*. De fait, pendant le petit quart d'heure que nous avons passé là, assis dans l'herbe à proximité du monument, Andreas appuyé à un arbre et ma tête sur son épaule, nous n'avons vu s'y rendant que des homosexuels, quelques-uns l'air de ne pas y toucher, d'autres, par exemple un très jeune couple de garçons, après avoir lu le texte se sont dirigés vers le monument en se tenant par la main et se sont embrassés devant la stèle, avant de repartir, presque joyeux, leur jeunesse éclatante et la possibilité de manifester leur attachement en plein Berlin signant précisément tout ce que nous devons à ceux qui ont été *« totgeschlagen, totgeschwigen »* (battus à mort, passés sous silence – le français ne rendant pas l'écho que les deux termes allemands se renvoient, sauf à les traduire par « tués par les coups, tués par le silence »), ce que rappelle la plaque en forme de triangle *(Winkel)* apposée au mur extérieur de la station de métro Nollendorfplatz « aux victimes homosexuelles du national-socialisme », à l'initiative d'un député du Bundestag et après accord du conseil d'arrondissement de Schöneberg en 1988, soit vingt ans avant le « grand » monument officiel du Tiergarten. Il faut dire que, comme le précise une plaque complémentaire apposée en 1993 sous la plaque triangulaire pour dissiper tout doute quant à la participation de la Régie des transports berlinois à cette répression, « À partir de janvier 1933, pratiquement tous les lieux de rencontre aux alentours de la Nollendorfplatz contribuèrent à la mise en place d'une politique systématique de fichage des homosexuels et permirent de les rafler. » Ces mêmes alentours où je rencontrai Tajdîn, vécus mes premières nuits berlinoises avec Andreas, déambulai encore à loisir en me gaussant des travers, la plupart du temps comiques, de la vie gay contemporaine qui marche sur des morts. Ces morts de partout et de toujours, je les porte en moi et les entends résonner, ceux qui moururent de mains françaises parce qu'ils étaient allemands, de mains allemandes parce qu'ils étaient français, de mains allemandes, parfois françaises, européennes parce qu'ils étaient juifs, de mains du monde entier parce qu'ils étaient pédés. Et je suis ému de voir se mêler dans le tissu de la ville même où la grande folie s'est anéantie dans le brasier final les traces de la mémoire qui fait de moi ce sujet historique, sensible, sexuel que je m'efforce d'éclairer et les traces de la mémoire prise en charge par les différentes strates de la société dont je fais partie, dont je suis le fruit, les unes ne se superposant pas forcément aux autres ni ne produisant, en moi, le même son.

Il est certain que l'Allemagne « porte la responsabilité particulière de s'opposer activement aux atteintes aux droits de l'homme à l'encontre des homosexuels masculins et des lesbiennes ». Elle n'est pas la seule, mais elle le reconnaît. Il arrive que les deux monuments séparés par l'Ebertstrasse soient de temps à autre profanés par des néonazis allemands, jeunes sujets héritiers d'une Histoire qui n'a manifestement pas étanché leur soif d'imbécillité, de violence et d'hystérie. Mais la bêtise est inextinguible, comme en témoigne cet épisode directement lié au *rosa Winkel,* qui me renvoie violemment aux chemins de France et à la permanence dans l'âme humaine d'une sorte d'horizon indépassable de pure haine qui, pulvérisant les idéologies, renvoyant l'Histoire et ses gestes parfois splendides à un néant absurde, nous laisse face à une limite – oserai-je la qualifier d'ontologique ? – sur laquelle en tout cas vient s'écraser ce qui nous porte d'espérance. J'entreprends de raconter cette histoire à Andreas, histoire dont j'appris l'existence à la lecture de *Triangle rose, La persécution nazie des homosexuels et sa mémoire* de Régis Schlagdenhauffen, version abrégée d'une thèse sur la mémoire de ces faits-là à laquelle j'emprunte ici nombre de données ; ceci, donc, que j'aurais pu savoir depuis longtemps et que pourtant j'ignorais, qui se passa lorsque j'avais vingt-cinq ans et que mon attention était davantage attirée par la vie qui sourdait de toutes parts que par la mémoire, et par cette maladie qui s'installait et ferait, en premier lieu parmi nous, son marché : en avril 1985, à l'occasion d'une cérémonie marquant le quarantième anniversaire de la libération des camps près de Besançon, les membres d'une association tentèrent de déposer une gerbe en mémoire des triangles roses, initiative qui leur valut en réaction d'avoir à entendre cette injure *proférée par un groupe d'anciens déportés* : « On devrait rouvrir les fours pour mettre les pédés dedans. » Les nazis ont de beaux jours devant eux.

Andreas est sidéré. Je poursuis, l'obscénité et le scandale nourrissent mon imprécise rage : je sais de combien de rancunes imaginaires se nourrissent nos vies, que d'aucuns en ont fait le carburant essentiel de leur existence, leur raison d'être, mais la fédération de ces travers individuels en ressassement collectif, plainte identitaire, slogans, insultes, politique ou tactique me replace devant l'impensable et me rend littéralement malade, comme on verra. Car, pardon de le redire, mais j'ai beau savoir, si je ne peux pas penser je ne peux pas non plus vraiment savoir. Donc à chaque fois que je suis confronté à de tels faits, même si j'en connais déjà l'existence je dois en refaire connaissance. Pareil pour les exactions des membres de la division Das Reich, se repliant de la région toulousaine à la Normandie en juin 1944, qui le 9 pendirent 99 otages aux balcons, réverbères et arbres à Tulle, en Limousin, avec des raffinements de brutalité inimaginables, et exécutèrent 67 civils à Argenton-sur-Creuse, et le 10 massacrèrent les 642 habitants d'Oradour-sur-Glane, rasèrent et brûlèrent leur village, *alors que pour eux tout était déjà perdu, la guerre, l'honneur, la morale, la vie.* Pareil pour les Français qui apportaient encore leur actif concours à la déportation en préparant des trains entiers qui rallieraient Drancy à Auschwitz d'une traite alors que les Alliés avaient déjà débarqué en Normandie et que *pour eux tout était déjà perdu, la guerre, l'honneur, la morale, la vie.* Pareil pour ces Allemands qui, suffoquant dans la poussière des ruines de leur propre pays, croupissant dans des culs-de-basse-fosse, s'indignaient encore à bas bruit, en 1945, à l'ouverture des camps, du traitement que les Américains réservaient aux *displaced persons,* euphémisme désignant les rescapés, *alors qu'en fait c'étaient des Juifs,* comme le raconte Ruth Klüger dans *Refus de témoigner.*

Longtemps nous restons silencieux, l'effort d'exprimer ces choses allemandes et françaises avec des mots anglais m'épuise. Nous marchons dans le Tiergarten sans le voir.

Découvrir, ou expérimenter, qu'on est le sujet d'une rancune, l'objet d'une haine, est une expérience particulière. Tout homosexuel sait qu'il est profondément haï pour ce qu'il est par une fraction des hétérosexuels, tout Juif... Que dire ? Que faire de cette haine, où vivre, comment s'aimer ? Moi qui couche avec des Allemands, je sais qu'avant même d'être haï pour collaboration j'aurais été haï pour m'être laissé baiser, ce qu'un homme ne fait pas. J'ai déjà dit qu'un certain discours avait laissé entendre que c'est *parce qu'*ils étaient homosexuels que certains hommes avaient collaboré, pratiquant un répugnant amalgame qui permettait de faire d'une pierre deux coups, de conspuer et les collabos et les pédés. Il n'est pas jusqu'à Jean Cayrol qui n'ait écrit une curieuse phrase dans *Nuit et brouillard,* que j'ai dû réécouter trois fois de suite pour m'assurer de ce que j'entendais, preuve qu'à tout instant on peut être dépassé par les mots : « Le kapo a sa propre chambre où il peut entasser ses réserves et recevoir le soir ses jeunes favoris. » À l'abjection qui consiste à opprimer ses codétenus pour jouir de quelques privilèges, il est *sous-entendu* que le kapo (le terme est ici générique, il désigne tous les kapos, dont je rappelle qu'ils étaient la plupart du temps des droits communs recrutés pour encadrer les détenus en échange de quelques aménagements) ajoute celle qui consiste à leur infliger des rapports sexuels forcés. Les prisonniers sont donc doublement victimes, des nazis et des pratiques homosexuelles des caïds, *les* homosexuels se profilant derrière *les* kapos. Si la réalité dénoncée par la phrase est indéniable, indéniable est également le malaise qu'inspire aujourd'hui l'amalgame qu'elle opère. Il est vrai que *Nuit et brouillard* est un puissant film infiniment composé, comme l'ont montré Jean-Louis Comolli et Sylvie Lindeperg en 2009 dans *Face aux fantômes,* un documentaire sur la fabrication du film dont « les images d'archives des camps de concentration et des centres de mise à mort [...] posent toujours les questions de leur légitimité, de la souffrance qu'elles portent, du défi qu'elles présentent aux désirs comme aux possibilités de voir », pour reprendre les termes de Comolli.

Voilà encore deux choses qu'il faut faire tenir ensemble : le vécu de résistant et déporté et l'homophobie à l'égard de ceux dont on a partagé le sort – et je tiens compte du fait que le terme et la notion même d'homophobie ne sont entrés dans les préoccupations de personne avant les années soixante-dix, mais il est des choses qui existent avant que des mots les désignent. Si elle est exprimée ici avec une grossièreté insensée dans le cadre restreint d'une cérémonie commémorative, là avec une élégance de la langue portée par un immense acteur dans un film vu par des millions de personnes, et parce qu'elle est impensée, elle énonce une vérité profonde massivement refoulée par ceux qu'elle habite, qui çà et là affleure, comme, à une tout autre échelle, lors des manifestations contre le pacs à Paris en 1999, soit trois siècles après l'apogée des chasses aux sorcières, où l'on entendit ce slogan, qu'un ou deux ou dix et bientôt cent s'autorisèrent à formuler puis à exprimer : « Les pédés au bûcher », comme si les mots n'avaient aucun sens. Comment allons-nous faire ? Comment accepter l'idée que nous ne pourrons rien, jamais, contre ces haines que nous avons levées du seul fait d'exister, ou pour avoir énoncé, en paroles ou en actes, une vérité si brute qu'elle restera impardonnable pour ceux qui l'auront entendue et qu'elle aura tirés de leur déni ? Et encore la forme individuelle de cette haine est-elle sans doute la moins délétère, même quand il en résulte des hommes laissés pour morts dans un jardin public ou sous un abribus, parce qu'on peut encore ramener la bêtise de la violence à la bêtise de celui qui la porte, à une échelle humaine ; mais quand c'est un fragment du corps social qui s'en saisit, quand on se heurte à une haine de classe, à une haine politique, à la haine de l'Église, à la haine de l'État ? À un bout de la chaîne, le haut bout, il y a des discours, des slogans, des ordres, des appareils, des rouages, des administrations, il y a Hitler, le pape ou Margaret Thatcher, peu importent les noms, mais à l'autre bout nous, nos histoires et nos noms, nos corps et notre sang. Prends ma main, Andreas, ou serre-moi dans tes bras, protège-nous des coups que l'Histoire administre. Les militants de l'IRA battus à mort dans les prisons anglaises parce qu'ils refusent d'être considérés comme des droits communs, les militants de l'extrême gauche italienne poursuivis depuis plus de trente ans par la haine sans rémission de l'État pour avoir porté la violence en son sein, comme si elle n'y était pas déjà, comme si de 1969 à 1980 plus de 65 % des actes de violence en Italie n'avaient pas été commis par des mouvements de droite, comme si on pouvait passer la leçon de *L'Orestie* d'Eschyle par pertes et profits… Erri De Luca :

« Cette génération à laquelle j'ai pris part a été la plus incarcérée de l'histoire d'Italie. Beaucoup plus que celle enfermée dans les prisons des vingt années fascistes : beaucoup plus. Le record continue avec des peines sans fin qui se prolongent encore aujourd'hui contre la génération des vaincus. » Je veux prendre la mesure de ces folies absurdes toujours recommencées ; mais qui suis-je pour me lancer dans une telle entreprise et de quoi disposé-je, des livres, de la peinture, quelques notes de musique, et la conscience aiguë du poids sur mes épaules ? Et sera-t-il moins lourd lorsque j'aurai fini de rassembler ici en un faisceau tremblant les faits bruts et les gestes de celui qui s'y heurte ?

Je suis toujours à Berlin, nous avons quitté le Tiergarten, et déambulons longuement avec Andreas entre quelques centaines des 2711 stèles, de l'autre côté de la rue. Je vais bientôt redescendre d'Allemagne, et quel que soit l'avenir de mes relations avec Andreas, avec Tajdîn, aucune de mes prochaines visites n'aura la teneur pleinement amère de celle-ci pour ce qui est du remuement profond de l'Histoire aux tréfonds de mon corps. J'ignore dans quel état d'esprit on a vécu dans les familles de collaborateurs avérés après la guerre, quelle honte ou quels mythes se sont forgés chez ceux qui ont dû prendre ça sur leurs épaules, cette spécialité française, la Collaboration. Mais je sais que dans la plupart des familles qui n'ont ni résisté ni collaboré prévaut plutôt l'image de la Résistance, dûment relayée par l'école, le cinéma, la littérature, l'histoire nationale qui a suivi en se fondant sur ce socle et les « grands hommes » qui l'ont faite en maintenant fermées les portes de la mémoire officielle, tout cela forgeant mythe, fragment d'identité. J'appartiens sans doute à la dernière génération pour qui l'irréconciliable tandem résistants-collabos aura fait office de grille de lecture, à pouvoir établir dans tel relent nauséabond de la politique d'aujourd'hui la filiation certaine avec un vieux fond de réaction, rancunier et tenace, qui ne demande qu'à surgir et eut manifestement son heure de gloire et de plaisir dans les sombres couloirs de l'administration de Vichy, sans parler de ses officines ; à toujours penser, comme un réflexe, devant tel ou telle, dont l'attitude me semble discutable : celui-ci ou celle-là m'aurait immanquablement balancé à la milice... Car naturellement, l'imaginaire dont je suis porteur, fruit du mythe que je viens d'évoquer, me range d'emblée parmi les résistants. Or, qui sait celui que j'eusse été dans une telle situation, quelle eût été ma conduite ? Je l'ignore, et j'ai dit combien je n'aurais répondu de rien si le désir s'y était mis, si j'avais croisé Andreas sous l'habit vert de gris.

Les chemins de France ne sont guère plus aisés à parcourir que les chemins d'Allemagne, car si le souvenir de Valmy s'efface, il faut encore porter Verdun, il faut aussi porter Vichy. Aurais-je couché, aurais-je collaboré ? Et si j'avais été Allemand, aurais-je filé en 33, tenté de résister de l'intérieur, été déporté comme *rosa Winkel,* ou au contraire aurais-je été enrôlé, conduit à tuer, voire à exécuter, me serais-je glissé dans l'opportunité nazie de faire quelque chose de ma pesanteur ? Après tout, ces basses œuvres ont bien été exécutées par des hommes, c'est-à-dire vous et moi, pas par des dieux ni par des animaux – comment s'exonérer, où vivre, pourquoi s'aimer ? On a toujours plus ou moins le sentiment d'être joué par l'Histoire, alors que c'est nous qui la jouons, n'est-ce pas ? Comment se saisir du lien invisible que tissent nos consentements entre nos volontés, nos désirs, nos pulsions et nos haines et leur expression publique, collective, historique, et comment, le cas échéant, le trancher – l'attraper d'une main, de l'autre saisir l'épée, se pencher pour le maintenir au sol, s'assurer que quelque chose rompt et continuer sa route ? Ah, que ne suis-je tombé de mon cheval, entraîné à mon corps consentant dans le tourbillon infini de la grâce ! Que ne puis-je considérer *tout cela* d'une fenêtre de Port-Royal ! Par exemple le visage du Maréchal au cours de son procès, point d'aboutissement de ces chemins français sur lesquels je trébuche, « vieux militaire retraité goûtant, dans le parc d'une vieille demeure de campagne, la béatitude du repos et la volupté du souvenir », comme le décrit Léon Werth dans son compte rendu des audiences, spectacle inouï et sans doute inutile (mais il fallait faire vite, je suppose, l'homme avait près de 90 ans) parce que précipité, technique, sans place disponible pour le temps, la mémoire et les hommes (je rappelle qu'il fallut attendre 1995 pour que soit reconnue officiellement la participation de l'État français aux crimes commis pendant l'Occupation, c'est-à-dire à la politique mise en œuvre par les nazis), où se noyèrent une seconde fois tous ceux qui étaient morts des mains de la milice ou avec le concours de la police, de l'administration, sous le regard aveugle de « ce mort vivant, cet absent présent, ce contumace par le silence, séparé de lui-même et séparé de l'Histoire par tant de digressions ». Où que je pose les yeux lorsque je me retourne, le pays comme les hommes sont déjà pétrifiés.

Nous remontons lentement vers Prenzlauer Berg, Andreas et moi, silencieux, sonnés par ces surgissements, sinon du passé, du moins de la mémoire, ordonnés et bâtis avec soin, encadrés, délibérés – ce qui est au fond moins violent que les surgissements inopinés qui vous prennent à revers, vous mettent brutalement en contact avec celui que vous n'êtes plus parfois depuis des lustres, ou le nez dans ce que l'Histoire vous a caché, la tête dans le vilain secret dont le dévoilement vous rendra malade. Nous avons convié Tajdîn à dîner dans un restaurant de Kastanienallee où il doit nous rejoindre, après quoi nous passerons la nuit ensemble, *« free of charge »* a-t-il précisé, souriant et grand seigneur… Nous arrivons en avance, le restaurant est au fond d'une grande cour arborée semée de tables où les gens boivent et rient, parlent et se regardent. Çà et là des enfants se faufilent et jouent, c'est bienveillant et doux. À la naissance de Tajdîn, ici c'était outre-Mur pour quelques années encore, sans doute moins bienveillant. Installés en terrasse, nous regardons la nuit venir de loin en sirotant une bière, je glisse mon mollet gauche entre ceux d'Andreas assis en face de moi qui sourit en silence. Le monde est ici et nous sommes vivants. Je vois Tajdîn arriver dans la cour juché sur son vélo, il nous cherche des yeux, nous trouve, se gare, s'avance. Ample tee-shirt noir, ample pantalon de toile kaki, sandales, à l'épaule un sac à dos, démarche nonchalante, regard rêveur, sourire esquissé, quand je pense à l'absolue perfection architecturale que tout cela recouvre je suis pris de vertige, le voilà qui s'assoit près de nous, pose son sac à ses pieds, des têtes sur son passage se sont tournées, sensibles à l'aura qu'il dégage, derrière un garçon passe dont le regard murmure un brin d'envie et d'exaspération de n'être pas du lot… Nous sommes vivants et nous parlons. C'est la première fois que nous voyons Tajdîn « dans le civil », la conversation roule sans heurts, à la grâce du corps il semble mêler celle de l'âme, ce n'est pas un étudiant-prostitué occasionnel-manutentionnaire berlinois, c'est un prince venu de Kermanshah, Erbil, Al Hasakah, Diyarbakır, venu de l'Orient kurde dont il porte un des noms. Il dit qu'il est allemand, qu'il a choisi cette nationalité-là plutôt que l'autre, turque, parce qu'il est plus facile d'être kurde en Allemagne qu'en Turquie et qu'il se sent kurde avant toute chose, même s'il est né ici. Que ses parents rament encore dans un deux-pièces au-delà de Kottbusser Tor, qu'il est le seul de leurs quatre enfants à être resté à Berlin, à faire des études, à avoir choisi la nationalité allemande. À être pédé aussi, mais ça il ne le dit pas même si cette différence première a entraîné les autres. Que c'est un sexagénaire affable qui, le premier, lui a proposé de l'argent rien que pour le voir nu et jouir sans le toucher de sa contemplation, ceci ayant entraîné cela qui l'a mené vers moi un joli jour de juin. Mais qu'il ne veut pas abuser, d'où la nuit *free of charge* qui doit suivre. Il nous a à la bonne, s'enquiert de moi, de ma rencontre avec Andreas. Je m'aperçois une fois encore que la réputation de la France, du moins dans les milieux de minoritaires opprimés, est toujours bonne, même si elle carbure à de vieux mythes issus de la Révolution qui ont pris depuis de sérieux plombs dans l'aile. Je lui raconte Cologne et mon désir confus de suivre l'Histoire à la trace sur des corps d'hommes allemands. « Avec moi tu es mal tombé, il n'y a pas que des corps allemands ici », sourit-il. Il ne me prend apparemment pas pour un fou. Je réponds que j'ai l'habitude, qu'outre-Rhin les corps arabes et les corps noirs sont nombreux, que je les étreins comme les autres, et avec eux l'Histoire de France, chapitre colonisation.

Andreas enchaîne, s'excusant auprès de moi, en allemand, précisant à Tajdîn ce qu'il a lui-même saisi de mes intentions, leur conversation roule avec une aisance accrue, naturellement. Je ne suis pas jaloux ni ne me sens exclu, j'aime infiniment entendre parler des langues étrangères autour de moi, même et surtout si je ne les comprends pas. Je m'attache à la musique, aux visages, tous les sens aiguisés, finalement protégé par mon incompréhension. À l'émotion violente suscitée par notre déambulation parmi les morts, cet après-midi, vient se mêler celle, très vive, que me procurent mes deux amants d'Allemagne, si différents, si nets, dont la beauté me noue la gorge presque douloureusement. Ils parlent puis ils rient, ils fument un peu et boivent, se penchent l'un vers l'autre, me regardent, ils sont divers et gais, ce soir. Je veux, cette nuit même, être une récompense pour l'extrême rectitude du corps et de l'esprit dont ils me font cadeau, pour la somme de réponses que leurs corps me fournissent, je veux, et même s'il y a là un orgueil enfantin, leur donner un plaisir dont ils se souviendront, être le serviteur de leurs passions profondes, trouver entre leurs cuisses un peu de cette absence après quoi nous courons et la leur procurer, nous offrir une éclipse du monde. Cela fut donc très doux et très violent, je veux dire que nous étions tous trois si attentifs au plaisir des deux autres qu'il en résulta un détonnant mélange de précision technique et de tendresse. Rien de ce que je demandais ne me fut épargné : que mon corps soit jeté en pâture à leurs queues, que leurs mains larges et sèches s'abattent sur ma peau, me caressent et me frappent, que ma volonté, qui est, ce soir, d'en être dépouillé par deux amants choisis, soit faite, ici même, et que la terre d'Allemagne m'envoie au ciel paré de cette escorte de velours blond rhénan et de soie grège de Perse, que mes pensées, croyances, désirs et regrets soient abolis d'un geste, qu'ils jouissent enfin tous deux, en moi, en même temps, me laissant au carreau où on laisse les saints après qu'on les a tués et délivrés alors de leur fardeau pensant.

Je tombe ensuite dans un sommeil sans rêves, la nuit s'écoule, c'est la dernière que je dois passer à Berlin cette fois-ci. Au petit jour je suis réveillé par Tajdîn qui vient se blottir contre moi en gémissant, je lui ouvre les bras et mets quelques instants à me rendre compte qu'Andreas doucement le pénètre. C'est qu'il est en confiance, notre prince d'Orient, pour accepter l'idée qu'après ça nous saurons que tout viril qu'il est il ne dédaigne pas non plus ces joies âpres et douces qu'il dispense à l'envi. Et je suis de nouveau touché aux larmes par ce garçon et par cet abandon dans nos bras, ce matin, comme je l'étais hier de sa fierté joyeuse de baiseur performant… Je lui caresse la nuque et soulève son visage enfoui sur mon épaule, je veux plonger mes yeux dans son regard voilé, je cherche de mes lèvres les siennes entrouvertes et tandis qu'Andreas se tend, frémit, s'immerge à l'autre bout de lui je l'embrasse longuement, redouble de tendresse et de présence tiède pour qu'à moi il s'agrippe, se mêle et se confonde, confie et le long frisson doux qui le traverse enfin et la jouissance vive arrachée d'Andreas.

Où ai-je lu qu'un soldat allemand fiancé à une juive était devenu fou quand on lui avait dit qu'il se lavait avec un ersatz de savon issu de Dieu sait quels restes humains juifs ?

16.
Visiter
les malades

Il m'a semblé qu'Adrien quittait la pièce sans bruit, reconnaître la naissance de la voûte de calcaire juste au-dessus du lit, puis j'ai de nouveau sombré, incapable de tirer le moindre enseignement de ces constats, d'en déduire que j'étais chez moi, veillé, malade.

On n'a rien sans rien : j'avais voulu toucher d'un peu trop près le corps du monde, à ce petit jeu-là je ne sais d'autre façon de jouer qu'en engageant mon corps et en posant ma main sur l'autre, fût-il multiple. J'avais donc outrepassé mes forces. La cinquième édition du *Dictionnaire de l'Académie française,* de 1811, donne et illustre du mot « œuvre » toutes sortes de définitions subtiles et doctes dont un certain nombre ont sombré corps et biens dans le temps, entendez dans les guerres qui se sont succédé depuis en élargissant chaque fois leur échelle, leur raffinement et le nombre de cadavres qu'elles charrient et restent sans mémoire. Ainsi de celle-ci : « On dit, *Gagner les œuvres de miséricorde,* pour dire, Faire certaines actions de charité, comme d'assister les pauvres, de visiter les malades, etc. Et dans le style familier, Un homme fort retiré, ou malade, qui reçoit la visite d'un autre, lui dit, *Vous venez gagner les œuvres de miséricorde.* » Peut-être en ai-je gagné quelques-unes, si toutefois les instances terrestres qui se mêlent d'interpréter les voies du ciel consentent à faire entrer dans cette catégorie celles de mes activités qui au premier coup d'œil n'y entrent pas, ce dont je doute. Mais il y a mieux, plus encore oublié, tombé en désuétude, voire forclos : « On appelle aussi *Œuvres de surérogation,* Tout ce qu'on fait au-delà du devoir, ou au-delà de ce qui est nécessaire pour l'affaire dont il s'agit. *Ce sont des œuvres de surérogation dont on se passerait bien.* » Je crains donc d'avoir passé les bornes, d'avoir aussi gagné les œuvres de surérogation alors que, naturellement, personne ne me demandait rien.

Un bon mois à osciller entre le juste au-dessous et le juste au-dessus de la ligne de flottaison, sans douleur ni souffrance mais sans les joies du haschisch. Anéanti, enfin, tout près de Port-Royal. Ah ! le bonheur de s'en remettre à Dieu en toutes choses comme je m'en remets à je ne sais qui, sous les traits d'Adrien, du soin de contenir la dérive de mon corps dans la fatigue car, pour ce qui est de ma volonté, elle a plié bagages sans que je sache au juste si ce départ est la cause ou la conséquence de mon état présent… Voilà pour le contexte, du moins pour ce que j'ai pu en reconstituer *a posteriori*. J'ai aussi pu noter, sur le moment, que la beauté d'Adrien n'avait en rien décru depuis son dernier séjour avec Sandro. Il m'a même semblé qu'il avait le sourcil droit désormais traversé d'un fin bijou d'argent, ce qui rehaussait singulièrement la pâleur de son front, marque infiniment préférable à celle d'un mauvais coup reçu au coin d'une rue. Pour le reste, tout était hors de contrôle.

Puis mes os longuement se sont entrechoqués. Dans le silence de la nuit je les ai nettement entendus faire cela, s'entrechoquer, que je croyais réservé aux matériaux que l'on jette, planches ou ferraille, briques ou moellons, de ces modestes hauteurs qui surplombent les décharges. Les os, pensais-je, ne font pas ce bruit-là car ils ne rentrent pas en contact les uns avec les autres, sauf accident. Mais les miens si, quand je me tourne dans le lit et que commence la chute de mon corps dans le vide de la pensée. Le bruit qu'ils font à l'arrivée n'est pas parvenu à mes oreilles, sans doute parce que la nuit entière a été une chute douce, sans point de chute ; seul le cliquetis marquait l'écoulement d'un temps, sans que je sache au juste lequel.

Les os, c'est ce qui restera le plus longtemps de nous pour peu que nous n'ayons pas décidé de brûler. Je vois la terre comme une immense stratification d'os couronnée d'une mince couche d'humus, je repense aux charrues des côtes de Meuse, d'Argonne, dont le soc a longtemps exhumé quelques restes sonnant sur le métal, ces fragments durs blanchis à jamais muets sur la chair qu'ils portèrent et qui eut, un temps, nom d'homme, de l'engrais à chiendent que la mitraille cueille. Et aux fosses communes des forêts polonaises, biélorusses, lithuaniennes, comme autant de creusets pour des âmes dépecées, des sacs de chair violée consumés par la chaux dont subsistent les os qui tinteront encore longtemps dans le froissement des bouleaux et la torpeur idiote où nous plonge l'été.

Plus mes os cliquetaient plus je sentais mon corps autour d'eux accroché, dessiné et bâti, plus je sentais la vie et toute la vanité, insensée, qui m'avait jeté sur les routes d'Allemagne, sur les routes de l'Histoire, pour m'essorer enfin comme on vide une éponge avant de la jeter pour éviter l'odeur d'humidité rance qui colle aux doigts longtemps... Que faire de tous ces os quand ils sont trop nombreux, que la terre en dégorge parce qu'ils nourrissent la honte mais ni fleurs ni moissons ? Les camps de concentration de catégorie III, les plus durs, étaient appelés *Knochenmühle,* « broyeurs d'os », ce qui dit bien que même les morts n'y trouvaient pas de repos. Au fond de la nuit où je glisse, toute conscience première abolie mais toute conscience seconde dans un état de veille aigu, ceci étant de toute évidence la condition de cela même si ce n'est pas la voie du repos de l'âme, pas la voie de la grâce, pas le chemin de Port-Royal, je comprends enfin ça : que les Allemands nazis ne voulaient surtout pas que leurs victimes aient même un lieu pour le repos, songent même au repos, voulaient que tout finisse, et l'âme et la mémoire, dans une fumée âcre qui ne célébrerait rien d'autre que le néant. On sait que leur échec est là où Ruth Klüger l'a si précisément situé : « La mémoire est une faculté, non une vertu. »

Ma dérive incertaine finira, j'entends déjà de la musique, quelque chose comme une viole de gambe, un doux tambour lointain. Les yeux rivés aux voûtes j'y vois mes os sinuer, mais ce n'est qu'un reflet de ma radiographie étendue sur le lit dont je suis incapable de dire quelle partie porte l'âme qui regimbe mais s'apaise. On me nourrit, je crois, je ne me dessèche pas, chaque jour au matin Adrien me soulève ; et j'enrage de n'avoir plus sur les os cette peau très sensible qui si longtemps rêva du contact direct avec le corps troublé mais vivant et farouche de ce prince des rues, pâle Tajdîn d'Occident, dont le sourcil orné d'un trait d'argent si fin remue au fond de moi encore un peu d'espoir.

Je retourne au sommeil, au son de l'os chutant, je me retrouve à Naples où l'on sait bien ce que la mort veut dire, on en côtoie l'effigie tous les jours, dans les rues, les églises, la peinture, dans la vie. Naples n'est pas une idée comme Venise ou New York, c'est un rêve qui vous met aux prises avec des forces brutales et contradictoires, un doux rêve pour qui la voit de loin, un cauchemar pour qui l'habite un temps, une condamnation pour qui doit y vivre. C'est là que, quelques années auparavant, j'avais été pour la première fois frappé par la peinture du Caravage. L'étroit maillage de la ville et sa nature morbide trouvaient aujourd'hui dans mon esprit délabré et mon corps immobilisé un terrain de jeu idéal. Caravage y séjourna deux fois, en 1606-1607 puis en 1609-1610. Trois œuvres y sont encore visibles, une datant du second séjour, deux du premier, au cours duquel de toute évidence quelque chose bascula dans sa vie, dans ses muscles, ses désirs, son esprit, son pinceau, ou encore dans les cieux qui roulaient sur sa tête, quelque chose qui ouvrit la voie des grands pans d'ombre peints plus tard à Messine, Syracuse, La Valette où l'humain se dissout même s'il se nomme Lazare,

Jean-Baptiste ou Lucie. Le premier de ces trois tableaux est en fait le dernier, ou réputé tel, peint par l'artiste, *Le Martyre de sainte Ursule,* tuée d'une flèche tirée à bout portant par le roi des Huns suite au refus d'Ursule de l'épouser, la scène se passant à… Cologne. Mais Andreas ne ressemble pas au roi des Huns, il ressemble au bourreau de Jean-Baptiste. Le plan est rapproché, comme dans *L'Incrédulité de saint Thomas,* comme dans *L'Arrestation du Christ,* comme dans *Le Couronnement d'épines,* plus noyé de noir que jamais où surnagent le visage blême d'un témoin qui a les traits du peintre, le rouge de la robe de la sainte, des reflets de lumière sur l'armure du roi, lequel a fiché la flèche dans le corps de la sainte comme en son temps Thomas son doigt dans la plaie au flanc du Christ. Et comme toujours chacun accomplit son destin dans le calme paisible d'une relation aux coups, au corps et à la mort dénuée d'emphase et d'amertume. Des deux autres tableaux, datant du premier séjour napolitain, l'un est au Museo Nazionale di Capodimonte, c'est *La Flagellation du Christ,* la fulgurante verticale blanche du corps supplicié jetant dans l'ombre trois bourreaux affairés à lier, à rassembler les verges, aux corps tordus et sombres, cérémonie un instant encore suspendue dont jaillira le sang, la souffrance, la promesse… Et s'il avait fallu que je noue Adrien autour d'une colonne, le hisse sur une croix, l'enterre, l'emmure vivant ou le jette au cachot, comment l'aurais-je pris : à mains nues et sans larmes, au cœur, au souffle, à l'âme ? Le second est dans l'église Pio Monte della Misericordia, là où dans mon esprit se mit en place, d'un coup sec, comme une vertèbre qu'on remet, ma fascination pour cette œuvre. Cette église se trouve au bout de la via dei Tribunali, mais avant d'y parvenir je m'étais longuement arrêté dans un temple, si j'ose dire, de l'esprit morbide napolitain, un des édifices religieux les plus étonnants qu'il m'ait été donné de voir, Santa Maria delle Anime del Purgatorio. Rien d'étonnant à ce qu'un tel lieu fasse retour au sein de mon grand trouble entre une voûte claire, une visite d'Adrien et un sommeil sans rêve. Cet endroit-là, entièrement fait de morts, caveau que l'on visite, où l'on prie, où l'on pleure. Des crânes de bronze saluent le visiteur dès l'extérieur, ornant le petit escalier qui donne accès à l'église, dont la sombre façade baroque, presque contemporaine de Caravage, surplombe la rue de quelques marches, crânes polis par la dévotion des passants qui, par dizaines au fil du jour, les effleurent avant de se signer, vaquant à leur journée, comme on cueillerait une fleur sur le bord de la route. À l'intérieur on découvre la raison de l'élévation de l'édifice au-dessus de la rue : sous l'église se cache une autre église, contemporaine de la première, aussi vide et dépouillée que l'autre est chargée d'ors, entièrement consacrée au culte des âmes errantes du Purgatoire – culte condamné mais toléré par l'Église. On peut par exemple déposer là, au pied des os d'une dénommée Lucie, possiblement morte noyée avec son fiancé, les *ex voto* qui nous sortiront de la peine où l'on s'englue. Il faut, ici, mettre souvent de côté la clarté rationnelle qui, partout ailleurs en Italie, marque pour l'essentiel les gestes artistiques, accepter de sombrer dans le flux insensé qui agite la ville, d'aller en dérivant heurter un Christ gisant couvert d'un voile de marbre plus émouvant encore que des restes humains ou ployer en roseau devant le *ragazzo* tendu comme un arc, électrisé d'adrénaline, prêt à vous transpercer du couteau qu'il agite, qui exige en hurlant trois sous pour la misère et trois sous pour la peur…

C'est donc dans un état d'esprit plus disposé au doute encore qu'à l'ordinaire que j'avais suivi la via dei Tribunali, traversé la via del Duomo et trouvé l'église Pio Monte della Misericordia dont le maître-autel s'orne, depuis qu'elle y a pris place au début de l'année 1607, d'une des plus grandes compositions de Caravage, 3,90 × 2,60 m, *Les Sept Œuvres de miséricorde*. C'est d'abord comme un grand tourbillon semblant descendre du ciel, un drapé de tissu, d'ailes et de visages fins. Deux anges, l'un bras tendus vers la terre, l'autre s'accrochant à lui, impriment au drapé son mouvement centrifuge. Dans le creux de leurs ailes, une Vierge à l'enfant. Ceux-là, qui remplissent le tiers supérieur du tableau, sont vus de dessus et contemplent la scène terrestre, densément peuplée, au-dessous d'eux, qui occupe les deux tiers inférieurs du tableau, vue cette fois de face. Nous sommes donc à la fois au-dessus de la scène et face à elle. Le récit que déroule la partie inférieure de la toile est une scène de rue invraisemblable, il semble incohérent, disparate, impossible au premier coup d'œil d'y repérer un air religieux, surtout pour un profane. D'autant que, profanes, ses protagonistes le sont tous, à une exception près. À gauche, un homme bien vêtu semble s'entretenir avec un homme du peuple qui lui indique du doigt une direction hors champ, tandis que derrière eux un gaillard, épaules dénudées et tête rejetée en arrière, se désaltère au goulot d'une bouteille ; puis un jeune homme coiffé d'un chapeau à plume partage son vêtement avec deux autres jeunes hommes à ses pieds, l'un torse nu que l'on voit de dos, vivement éclairé, l'autre que l'on distingue de profil, les mains jointes, dans la pénombre. À droite une femme donne un sein laiteux à un vieillard dont la tête surgit d'une fenêtre quadrillée de barreaux qui le tiennent prisonnier, derrière elle un homme du peuple porte un cadavre dont on ne voit que les pieds et un bout du linceul qui l'enveloppe sans doute, derrière enfin, accompagnant le mort et surgissant d'une ruelle un flambeau à la main, un prêtre. Le propos est dense, la toile complexe, pas particulièrement aimable. Il faut prendre du temps. La tonalité d'ensemble est sombre, c'est une ronde de nuit : un fond presque noir sur toute la partie gauche, cieux compris, au centre une verticale de lumière apportée par le flambeau du prêtre, puis à droite de nouveau la pénombre, moins intense. Mais dans le même temps, une autre lumière, d'origine extérieure au tableau, s'accroche au dos du jeune homme suppliant, au visage des hommes qui conversent, au bras et au sein de la femme, à l'aube du prêtre, aux bras tendus de l'ange, aux ailes. Nous sommes donc à la fois dans une scène nocturne et diurne. La volonté d'embrasser en une seule toile les sept impératifs que les sept gentilshommes fondateurs de l'institution Pio Monte della Misericordia entendaient mettre en œuvre ensemble est, au dire des ouvrages autorisés, unique dans l'histoire de la peinture. D'où cet air de rébus qui traverse la toile, cette façon si fière, souveraine, de gagner ses œuvres en ayant l'air de jouer, alors qu'un mystère profond s'agite sous nos yeux et danse, un tourbillon qui perd quand il nous a happés et nous envoie au ciel entre les bras des anges, nous priant d'y rester maintenant que nous y sommes, nous à qui il a tant coûté d'y parvenir. Il n'y a guère que lui pour avoir peint les anges comme il peignait les hommes, les saints comme il peignait les hommes, les bourreaux comme il peignait les hommes, il n'y a guère que lui pour avoir peint tant d'hommes dont tout laisse à penser qu'on serait bien au ciel avec eux pour voler, avec eux pour aimer. Je sais grâce à lui que les anges sont des hommes, de Berlin ou de Naples, de l'âpre terre calcaire ou des bords du Rhin, des hommes à qui confier ce dont Dieu ne veut plus, notre peine et ce poids constant sur nos épaules.

Et si, après un long moment d'immobilité brute, je me retourne dans le lit, Naples s'efface, de nouveau mes os chutent et leur cliquetis forme cette musique sourde à mon oreille lasse. Dans l'état où je suis je dois renoncer même à l'idée de saisir, un corps qui passe ou une idée qui traîne, et consentir à inverser la question : comment poses-tu la main sur moi, Adrien, le matin et le soir pour prendre soin de moi, toi si rétif au contact, quelle barrière as-tu franchie pour que ces gestes quotidiens soient si doux qu'ils parviennent à peine à ma conscience ? À moins que mon abandon complet à la torpeur étrange qui s'est emparée de moi soit un accès plus sûr à mon corps que les voies habituelles de la vie quotidienne où tous les dangers rôdent. Mais je peux à peine penser à ça, je me rendors, puis il me semble entendre une nouvelle fois une viole de gambe, un tambourin léger, sur le rythme qu'ils forment une mélodie ténue venir se déposer. Et sans répit ni transition je dors, entre deux épaisses couches de temps je suis soudain saisi par le souvenir du *pandapigl,* ce brouet infâme fait d'os d'animaux cuits, d'un peu de terre et d'herbe, censé protéger les animaux des piqûres d'insecte l'été, décrit par Josef Winkler dans *Quand l'heure viendra,* hissé au rang de coryphée d'un chœur macabre de suicidés conjurant dans la mort un destin de misère et de désespoir, dans le pays qui vit naître celui qui transforma les Allemands en Allemands nazis et les Autrichiens en Autrichiens nazis par la même occasion, ce qui n'alla pas sans faire bien des dégâts qu'on peut suivre à la trace chez Thomas Bernhard, Josef Winkler, Elfriede Jelinek... Comment fouler encore ces terres broyeuses d'os ? Le temps entre mes lèvres devient de la boue noire, tantôt pâteuse, tantôt visqueuse, qui ne laisse d'autre choix que de fermer la bouche, hier encore palais pour la queue des amants, condamnée aujourd'hui au noir oubli de l'âme. Que faire de tous ces morts, où vivre, comment s'aimer ?

17.
Gagner les œuvres

Comment poser la main sur ces os cliquetant, sur ces corps dépouillés de ce qui les chargeait de désir et de joie, sur ces hommes auxquels un trait de fer, une bordée d'injures, une rafale d'armes ou un supplice pervers a retiré le souffle qui unissait leurs membres en un ensemble aimable ? Je ne sais pas tenir une arme, ni tenir un pinceau, ni jouer de la musique, je sais tenir la plume mais ça ne suffit pas. Adrien sur la terrasse de calcaire devant la maison joue de la viole de gambe, il a dû convier deux ou trois musiciens pour rythmer mon sommeil, j'entends le tambourin et une voix flûtée. Ils égrènent une de ces délicates mélodies séfarades d'avant l'expulsion des Juifs d'Espagne : *El rey de Francia tres hijas tenía...* Comment leur dire que si je m'approche d'eux, si je rejoins la cour où ils se tiennent et jouent, nous formerons ensemble assemblée de fantômes, des auditeurs distraits requis par d'autres tâches ?

Je sors quand même, je tiens à peine sur mes jambes, je glisse le long du mur dont les aspérités de calcaire me blessent. Le prince Adrien joue et chante, et ses amis en cercle, personne ne me voit, ne m'entend, l'ombre que je forme se coule dans le hamac, un peu à l'écart, où personne ne me rejoindra, je ne suis pas aujourd'hui un être désirant, désirable moins encore, mais un conglomérat d'os et d'organes plus ou moins vitaux que j'ai toutes les peines du monde à faire tenir ensemble. Qui pourrait désirer poser la main sur ça ? Sur ça qui peut à peine envisager que l'art offre la moindre possibilité de survie, la beauté moins encore. Sur ça qui est dégoût, et nausée sur les lèvres, ça dont l'Histoire aura raison si ça s'attarde encore en de telles contrées ? Mais, le moyen de faire autrement, de trouver la force de se hisser sur ces vastes plateaux offerts à la rêverie quand le corps abandonne, pas même roué de coups ou criblé de métal, ce qui serait une bonne raison, mais perclus par le doute, rongé par le découragement ? Je sais que la mort est là, même si je gis dans le luxe insensé de la paix, et quelle que soit mon envie d'aller à l'art comme je vais aux hommes et d'aller aux hommes comme l'on va à l'art, pour le salut. Je suis dans ce temps de la mort et n'ai d'autre ressource que de le voir passer sans rien pouvoir y faire. La mort que les hommes se donnent quand elle ne vient pas d'elle-même, poussés par des motivations de déments. Se donnent avec leurs mains, ces mains qui jusque-là servaient à l'art et au plaisir, et qui tout uniment, sans même garder la trace de leurs gestes passés, officient aux rituels de la guerre et des exécutions, se posent sur l'autre pour lui ôter la vie, pour l'ôter de la vue.

Je sais maintenant comment se pose sur l'autre la main qui se propose de tuer après avoir fouaillé, émondé, équarri, parce qu'à la connaissance que m'en a donné l'art, et l'Histoire avant lui, j'ajoute ce que j'ai vu, que rien n'a pu filtrer qui se serait posé entre la scène et moi pour l'adoucir un peu, la tenir à distance.

J'ai vu des hommes, ignorant tout de la miséricorde, dépasser même la surérogation pour gagner tout d'un coup les œuvres de tuerie. Ils sont venus à moi qui étais faible et nu, j'ai su qui ils étaient et pourquoi ils venaient, et comme ils approchaient je leur ai murmuré, Ah vous venez gagner vos œuvres de tuerie.

Silencieux ils m'ont pris, un à chaque cheville, un à chaque poignet, puis sorti du hamac et jeté sur la table où ils venaient de boire un vin âcre et poisseux qui ne donne des ailes qu'au mépris, à la haine. Et ils m'ont attaché les chevilles aux montants, les poignets au plateau de la table, et mon ventre saignait au contact du bois. Puis ils ont saisi mes cheveux et relevé ma tête, placé sous mon menton un morceau de calcaire pour me forcer à voir ce qu'il y avait devant, tréteaux de la démence dressés pour la torture, théâtre de bêtise avilissant la pierre. Et mon menton saignait doucement sur le calcaire.

Un à un ont alors surgi les musiciens qui, voici un instant, œuvraient dans l'air du soir à célébrer ensemble la communion sensible où jette la musique, parmi eux Adrien. Derrière eux ont surgi d'autres hommes de tuerie que ceux qui me tenaient, d'un coup de crosse adroit à l'arrière des genoux ils ont jeté au sol de pierre les musiciens, brisé les instruments puis dénudé les hommes jusqu'au mitan du corps. Agenouillés, hagards, surpris par la violence organisée qui surgissait soudain, eux qui dans l'ordinaire de leurs jours incertains traitaient bien davantage avec des coups assénés au hasard, ils étaient tous ensemble pétrifiés de silence ; parmi eux Adrien.

Le vin doux est tiré et bu depuis longtemps, aussi le vin amer, et les hommes sur le rebord de la table où ils m'ont attaché en brisent les bouteilles qu'ils ont bues au goulot, armés de ces tessons ils s'en vont lacérer les corps des musiciens : l'un laboure une croix sur un torse replié par la peur, un autre défigure celui qui dans la cour, du temps où la musique dessinait les contours de la paix, doucement rythmait l'aria d'une percussion continue, un autre encore creuse un sillon de sang qui isole les vertèbres du flûtiste du reste de son dos. Je vois cela sans dérobade possible dont l'horreur est accrue d'être une vision muette : non seulement aucun son ne sort de ma bouche, mais des leurs non plus qui sont au cœur de la terreur pure quand je n'en sens que les prémices.

Je pense alors que ma torture va consister en cela, être obligé sans fin de voir des corps aimés devenir autant d'amas informes irradiés par l'effroi et bourdonnant de mouches. Mais cela va très vite. Quand les bouteilles cassées sont réduites au goulot d'avoir laissé leur verre dans les os des victimes, les bourreaux regagnent la table où je suis et les hommes qui ont mis à terre les musiciens d'un coup de crosse s'en saisissent et les exécutent, l'un après l'autre, de la façon suivante : le premier est à moitié égorgé et laissé au calcaire, le deuxième éventré et laissé au calcaire, le troisième est pendu à la petite fenêtre qui éclairait les voûtes quand le soleil daignait éclairer notre terre. Parmi eux Adrien, qu'ils rompent de leurs crosses, lui brisant un à un les os de tout le corps. Tout cela sans un bruit. Et les hommes sont ivres à présent, ils ont laissé leurs sens dans les tessons tranchants, et désormais le sang qu'ils répandent en jurant leur ôte la mesure et met à nu leur âme, ils achèvent enfin leur tâche redoutable, et longue et salissante comme est longue à venir la mort des hommes à terre, et salissante la vie qui s'échappe de leurs lèvres : à mains nues ils détachent du corps inanimé la tête du premier qui gisait sur la pierre, et les os de sa nuque craquent très longuement ; de l'éventré ils fouillent les entrailles mystérieuses où se noue d'ordinaire ce que le souffle porte, ce que la pensée porte, qui du bout de la crosse, qui de la pointe d'une botte ; au pendu ils se pendent car il bougeait encore. Parmi eux Adrien, qu'ils éparpillent autour car ils l'ont démembré, dont la sourde beauté se dissout dans la nuit.

Et devant cela moi, que les hommes de garde violent l'un après l'autre, imprimant dans mon cœur le dégoût de ces queues qu'on n'a pas désirées, appelées de ses vœux, auxquelles on n'a pas dit qu'elles étaient là chez elles. Et devant cela moi, qui lape sur le bois le foutre qu'elles répandent, épais et trop salé, mêlé d'un peu de vin, de miettes et de restes de ce repas sommaire qu'ils avaient avalé avant de m'y étendre et de m'y attacher pour un office de chienne, de chienne que l'on baise devant la danse du monde, ses guirlandes de blessures et son feston de sang, la petite gigue amère sur laquelle on tressaute, sans émoi, sans pensée, à la merci des chiens, avant de disparaître.

Que faire de tous ces corps et du corps de la haine, où et comment mourir ?

Et du fond de la cour, comme sortis du dallage, se profilant sur l'aube qui là-bas monte à l'est, conduits par d'autres inconnus désireux à leur tour de gagner là leurs œuvres de tuerie, Andreas et Tajdîn sont amenés ici et pour venir à moi enjambent les cadavres que la nuit a semés sur le calcaire pâle. Qu'ils les forcent à me tuer serait une récompense, une bénédiction, une œuvre de miséricorde qu'ils n'accompliront pas car ces hommes ignorent tout de la miséricorde. Ils débarrassent la table de mon corps disloqué qui l'encombrait encore et par les mains me pendent à la petite fenêtre où voici quelques heures a commencé la mort d'un musicien rêveur venu jouer une aubade dans les pas d'Adrien. En travers de la table ils attachent Andreas et Tajdîn, entrent en eux longuement, consciencieusement, mécaniquement, comme s'ils s'appliquaient à remplir sans rature une fiche de signalement, un constat d'accident, un ordre de mise à mort. Toute pensée a fui le mouvement de leurs reins, ils ont des corps, un âge et une mentalité à foutre des heures durant pour obéir aux ordres et évacuer la haine qui les tient tous ensemble, exécuteurs, exécutants, sur le fil d'un rasoir qu'ils enfoncent dans nos peaux pour lacérer le goût que nous avons de l'autre, qui est comme une insulte à leur néant de glace.

Ils s'en vont, ils reviennent, parfois ce sont les mêmes et parfois des nouveaux, le soleil a gagné la moitié de sa course. Il arrive qu'ils crachent sur les corps tués la nuit qui encombrent le sol, marmonnant un juron, à la face d'Andreas, sur le dos de Tajdîn en se vidant dedans, en disant « Sac à foutre » pour résumer leur ire, puis du plat du fusil, vers cinq heures, ils brisent la nuque de mes amants allemands méconnaissables, leur pomme d'Adam éclate sur l'arête de la table, enfin ils me détachent et de nouveau me pendent, mais par les pieds cette fois, en emplissant ma bouche du sexe d'Adrien prélevé au passage, ils s'en vont et nous laissent à la puissance des mouches, ils ont gagné les œuvres qu'on accomplit sur terre, nous abandonnent au ciel aussi muet que la mort.

18.

Prendre la plume, faire œuvre
de miséricorde.
Puis fêter Adrien, sa beauté en désordre,
et le joint d'herbe pure qu'il me tend
en riant.

Penser à appeler Andreas et Tajdîn,
leur dire des mots d'amour.
Puis dormir, travailler, aller
et préparer le repas.

Source des citations

Livres

Tous les extraits du Nouveau Testament proviennent de la traduction œcuménique de la Bible, Le Livre de poche, la Pochothèque, 1996.

Stig Dagerman, *Automne allemand,* trad. Philippe Bouquet, Actes Sud, « Babel », 1980.

Julien Gracq, *Manuscrits de guerre,* José Corti, 2011.

Raul Hilberg, *La Destruction des Juifs d'Europe,* trad. Marie-France de Paloméra, André Charpentier, Pierre-Emmanuel Dauzat, Gallimard, « Folio Histoire », 3 vol., 2006.

Ruth Klüger, *Refus de témoigner,* trad. Jeanne Étoré, Viviane Hamy, 1997.

Marc Lazar et Marie-Anne Matard-Bonucci (dir.), *L'Italie des années de plomb,* éditions Autrement, « Mémoires/Histoire », 2010, pour les données concernant les années soixante-dix italiennes et la citation d'Erri De Luca.

Régis Schlagdenhauffen, *Triangle rose, La persécution nazie des homosexuels et sa mémoire,* éditions Autrement, « Mutations/Sexe en tous genres », 2011, pour les données concernant les monuments berlinois à la mémoire des homosexuels persécutés par le national-socialisme et la traduction des textes y afférant, à l'exception de celui de la plaque du Tiergarten, due à Bernard Banoun.

Sebastian Schütze, *Caravage, L'œuvre complet,* Taschen, 2009.

Winfried Georg Sebald, *De la destruction comme élément de l'histoire naturelle,* trad. Patrick Charbonneau, Actes Sud, 2004.

Thucydide, *La Guerre du Péloponnèse,* trad. Denis Roussel, Gallimard, « Folio Classique », 2000.

Léon Werth, *Impressions d'audience, Le procès Pétain,* Viviane Hamy, 1995.

Decade, The definitive photographic history of the first decade of the 21st century, Phaidon, 2010.

Musique

Henry Purcell, « One charming night », extrait de *The Fairy Queen*, et « Here the deities approve » extrait de *Ode for St Cecilia's Day* (trad. empruntée au livret du disque *O Solitude, Songs and Arias by Henry Purcell*, Andreas Scholl, Accademia Bizantina, S. Montanari, Decca, 2010).

Cinéma

Jean-Louis Comolli, note de présentation de *Face aux fantômes* sur le site Internet www.film-documentaire.fr

Remerciements

Le texte de la plaque du monument aux homosexuels persécutés par le régime national-socialiste est traduit de l'allemand par Bernard Banoun, que je remercie de m'avoir en outre apporté ses lumières sur la subtilité que recouvrent les termes *« totgeschlagen, totgeschwigen »*.

Merci à Francesco Adorno, Dogan Akçura, Véronique Aubouy, Jean-Daniel Baltassat, Patrick Boucheron, Martine Colombet, Jean-Louis Comolli, Constance de Corbière, Janine et Bruno d'Enfert, Nicolaï Johnson, Marie-Hélène Lafon, Dominique Larroque-Laborde, Arnold Pasquier, Simone Perez, Gabriel Schmitz dont les conversations, les initiatives ou la simple présence ont nourri, parfois de façon décisive, ce livre. Et à Serge Omélianenko, pour son infinie patience.

Cet ouvrage a été achevé d'imprimer en mai 2012
dans les ateliers de Normandie Roto Impression s.a.s.
61250 Lonrai
N° d'imprimeur : 121990
Dépôt légal : mai 2012

Imprimé en France